集英社オレンジ文庫

平安あや解き草紙

～この惑い、散る桜花のごとく～

小田菜摘

本書は書き下ろしです。

CONTENTS

イラスト／シライシユウコ

平安あや解き草紙

この惑い、散る桜花のごとく

HEIAN
AYATOKI
SOSHI

第一話

虎穴に入らずんば虎子を得ず

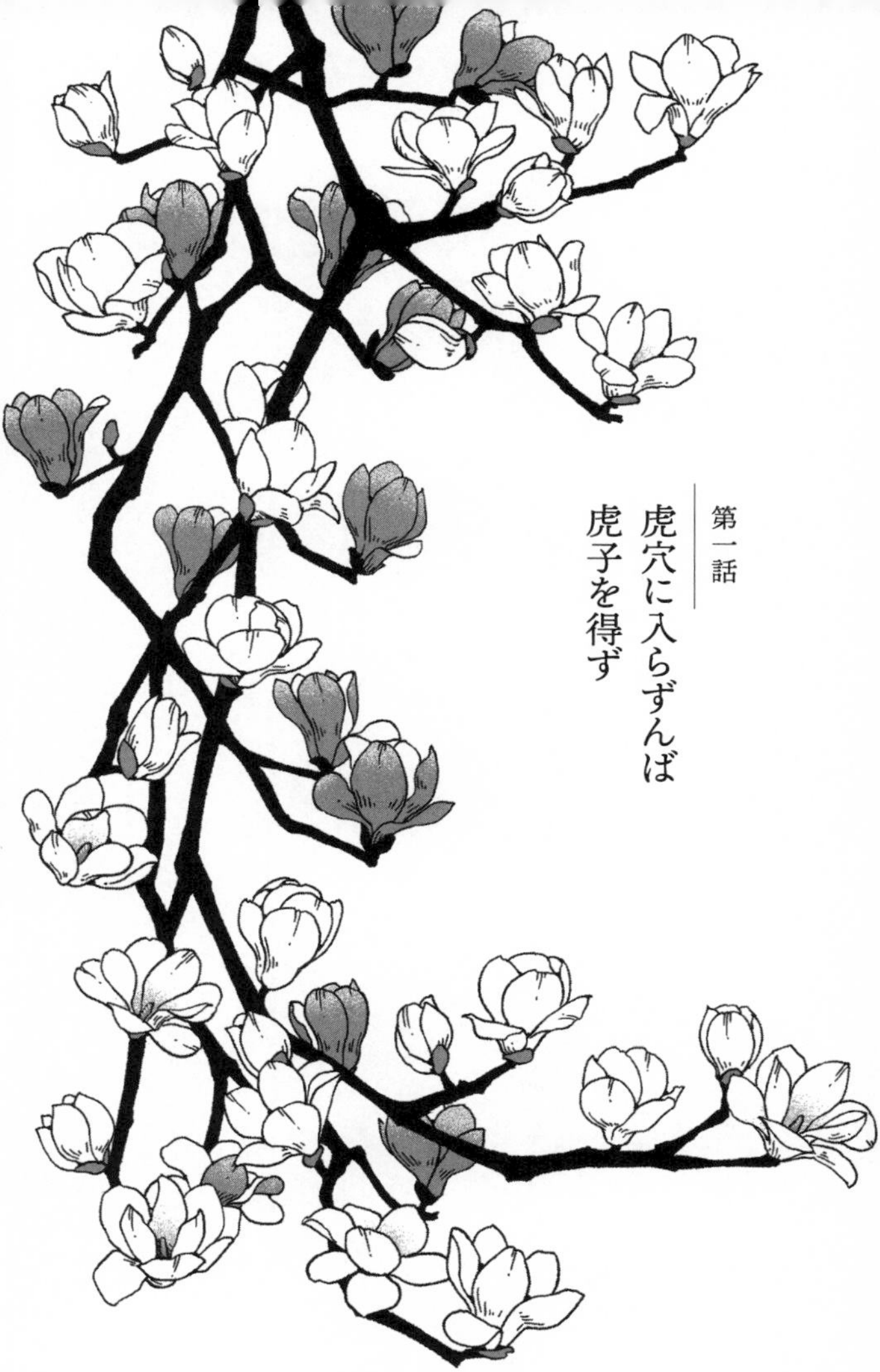

式部卿宮《しきぶのきょうのみや》・嵩那《たかふゆ》親王が出仕をしなくなったのは如月《きさらぎ》末。今上《きんじょう》にとってはじめての御子となる若宮《わかみや》が誕生した翌日のことだった。

「死穢《しえ》に接したということで、当分の間はどなたとも会わずに、邸《やしき》に引きこもってお過ごしになられるそうです」

わざわざ温明殿《うんめいでん》の内侍所《ないしどころ》まで足を運んでくれた左近衛大将《さこのえのたいしょう》の説明に、内侍司《ないしのつかさ》の長である尚侍《ないしのかみ》・藤原伊子《ふじわらのかのこ》は檜扇《ひおうぎ》の上から胡乱《うろん》な目をむける。鷹揚《おうよう》な左近衛大将は、彼には珍しくひどく気まずげに視線をそらした。

(そりゃあ、白々しいことはご自分でもお分かりよね)

表向きの冷ややかな眼差《まなざ》しとは裏腹に、いくら友人とはいえこんな言伝《ことづて》を頼まれた左近衛大将に、伊子はいたく同情していた。

確かに人死に接した者は、周りに死を伝播《でんぱ》させないためにひと月の蟄居《ちつきょ》を課される。この場合の死に接するというのは、文字通り遺骸《いがい》に触れる、ないしは同じ空間で過ごすことである。ゆえに身内などが亡くなった場合、どうあっても死穢から逃れることはできない。

しかし嵩那の近しい人間が亡くなったという話は聞かないし、出先で偶然死穢に接したという行触《いきぶれ》なら、なにもひと月蟄居せずとも祓《はら》え清めを行えばよい。

要するに出仕を拒《こば》むための偽り事に相違ないのだ。内侍（掌侍《ないしのじょう》の別称）達の疑念の目に居たたまれなくなったのか、左近衛大将は逃げるように内侍所を出て行った。

「ちょっとお気の毒でしたね」

さすがに気がとがめたのか、小宰相《こざいしょう》内侍が漏《も》らした。誰に対してというわけではなかったのだろうが、その眼差しは先輩の勾当内侍《こうとうのないし》に向けられている。

内侍の筆頭の者を勾当内侍と呼ぶ。伊子にとってももっとも信頼のおける部下である勾当内侍は、左近衛大将とは昵懇《じっこん》で息子まで生《な》した仲だった。

勾当内侍は小宰相内侍の言葉には苦笑だけで返し、ぽつりと独りごちた。

「宮様がご出仕を厭《いと》われるお気持ちは、分かりますけどね」

その一言に、伊子は渋面《じゅうめん》を作る。

勾当内侍が言うとおり、御所の現状が嵩那にとって愉快であるはずがない。

追儺《ついな》の騒動以降、皇統の不当に対する朝臣《ちょうしん》達の不満はくすぶりつづけている。

兄から弟へと継承された皇位が、兄の子供達を無視して弟側の長子相続となるのは道理が合わぬ。いまさら今上を退位させて皇統を戻すというのは無理だとしても、せめて東宮《とうぐう》には先々帝の遺児——すなわち嵩那がつくべきである。

そんな主張が朝臣達の間には広がっており、いまでは先々帝側を『東朝《とうちょう》』、先帝側を『西朝《せいちょう》』と呼び分けて、陰に日向《ひなた》に噂《うわさ》をしている有様なのだ。ちなみに東西の呼称は、それぞれの陵《みささぎ》がある場所からきている。

とはいえ人望厚い今上に表立って不平を言う者はおらず、これまではなんとか平穏を保っていたのだ。

しかしその状況を打ち破る事態が生じた。

藤壺女御《ふじつぼのにょうご》こと藤原桐子《ひさこ》による、若宮（この場合は男児の皇子）出産である。

有力者・右大臣《うだいじん》を祖父とする皇子の誕生に、朝廷《ちょうてい》内の緊張はいやでも増す。新大納言《しんだいなごん》を中心とする反右大臣勢力の間で若宮の東宮擁立《ようりつ》に対する牽制《けんせい》がいっせいに強まり、その対抗馬として自らの名が挙がろうとした矢先、嵩那は出仕を辞めてしまったのだ。

（ほんと、素早い）

その決断力に、あらためて驚かされる。

伊子には相談どころか、打診の文もなかった。恋仲にありながら冷ややかとも思えるこの態度も、直前の二人の状況を考えれば致し方ないことだった。

実は若宮が産まれる数日前、二人は伊子の辞官をめぐって言い争いをしていたのだ。正しく言えば一方的に伊子が声を荒らげただけで、嵩那はひたすら呆気《あっけ》にとられていたにすぎぬのだが。

しかしそのあと伊子は桐子の見舞いのために御所を出てしまったので、それから嵩那と話し合うこともしていなかったのだ。

伊子が御所に戻って二日後、桐子は男児を出産した。それが昨日である。話し合う時間などとうていなかった。

そして今朝になって耳にしたのが、嵩那の参内《さんだい》中止である。

これでは当分の間、話し合いなどできない。

ならばいっそ文を出そうかとも思う。自分が宮仕えを、そして今上に仕えたいと思っていることを懇切丁寧《こんせつていねい》に、誠意をもって綴《つづ》った文を。

だが、いまではないのだろう。

東宮問題がこれほど先鋭化した現状、当事者である嵩那にこれ以上の煩《わずら》い事を抱えさせるのは忍びない。もしもいま文を出すのなら、嵩那の現状を心配するものが先だ。

短い間でそう判断すると、伊子はすくっと立ち上がった。

動きに伴《ともな》い、青海波《せいがいは》の柄を摺《す》り置いた裳《も》がかさりと音をたてる。如月末日の今日選んだ装束《しょうぞく》は、濃《こ》き紅《くれない》の表に韓紅《からくれない》（紅梅色）の裏をあわせた梅重《うめがさね》の唐衣《からぎぬ》と蘇芳《すおう》色の表着《うわぎ》。いずれも全体に梅花紋を織りだした二陪織物《ふたえおりもの》だった。狙いすぎかと少し躊躇《ためら》ったが、梅は弥生《やよい》になると季節外れの感があるので、今年は今日が最後だと思いきって袖《そで》を通してみた。

立ち上がった伊子に、勾当内侍が小首を傾《かし》げる。

「尚侍、どちらに?」

「清涼殿《せいりようでん》よ。そろそろ午後の陪膳《ばいぜん》に上がる刻限だからね」

帝《みかど》の実質的な食事である朝餉御膳《あさがれいのおもの》(午前午後両方の食事を指す)は、清涼殿西廂《にしびさし》の『朝餉の間』で上臈《じようろう》が陪膳を行う。いっぽう儀式的な食事・大床子御膳《だいしようじのおもの》は、清涼殿母屋《もや》に準備され、公卿《くぎよう》らの陪膳で行われる。むろん帝が両方を食べるわけもなく、後者はあくまでも形式的なものであった。

「ああ、もうさような刻限でございますね」

納得したように勾当内侍はつぶやき、伊子は裾《すそ》をひるがえして足を踏み出した。

「東山《ひがしやま》の女宮《おんなみや》から、七日目の産養《うぶやしない》を請け負いたいとお申し出があってね」

見目好く盛られた高坏《たかつき》飯を前に、上機嫌で帝が告げた名前に伊子は忌々《いまいま》しさに舌打ちすらしそうになった。つい数日前まで臨月の桐子に陰湿な嫌がらせをしていたくせに、産養に名乗りを上げるとはなんたる厚顔《こうがん》か。

産養とは誕生当夜より奇数日に行われる出産祝いの宴《うたげ》である。赤子に縁のある者がそれぞれに請け負うが、特に七日目はもっとも身分の高い者が主催することになっており、母親が中宮《ちゅうぐう》であれば父親である帝が請け負うことが慣例である。桐子は女御なので、こたびの産養に帝は関与しない。

「まあ、それはけっこうなお話ですこと」

内心では腸《はらわた》が煮えくり返っていたが、口調だけは穏やかさを取りつくろう。本音を言えば帝に女宮を退けるように強く訴えたかったのだが、嵩那の東宮擁立の気運が高まっている現状で、女宮の目的を公《おおやけ》にすることは避けたかった。

女宮の宿願は、西朝に独占された現状の皇統の不正を糾《ただ》すこと。すなわち西朝系の今上を廃し、東朝系の嵩那を帝位に即《つ》けることだった。

世間から『入道《にゅうどう》の女宮』とも呼ばれる彼女は、先々帝の同母妹で嵩那の叔母《おば》となる、並ぶ者なき高貴な一品の内親王である。

その彼女が兄の無念を受けて嵩那を帝位にと望むことは実に正当で、いまの状況でその本心が公になれば、賛同する朝臣が大勢出てくることだろう。それを考えると女宮がなぜこんなまどろこしい手段を取りつづけるのか疑問なのだが、ともかくいま彼女の真意を暴露するのは西朝にとって賢明なことではない。

しかたがない。理は東朝にある。ゆえに西朝側は、薄氷の上を歩くように慎重に事を進めなければならない。

とはいえ素直に女宮を信じている帝を見ると心苦しく、いっそ帝にだけは本当の事を言ってしまおうかという気持ちにもなる。帝は女宮が先帝、すなわち自分の祖父に対するわだかまりをといてくれたものと信じている。ゆえに真相を告げることは、ひどく彼を失望させることになるだろう。

正直に言えば女宮の本音を知ったばかりの頃は、策略を退けつづければいつかは諦めてくれるだろうという甘い考えもあった。

けれど女宮の執念は、そんな生易しいものではなかった。

それゆえ伊子は、女宮が桐子の腹の子を殺《あや》めようとしているのではとまで疑ったのだ。実際にはそこまでのことは起きなかった。帝の御子でなくとも人の命を奪うことは一線を越えた悪事だ。女傑《じょけつ》の女宮もさすがにそこまで非情ではなかったようだ。

しかし生まれた御子が男児と分かったいま、次にどんな策略を仕掛けてくるのか考えただけで怖気《おじけ》立《だ》つ。

やはり伝えるべきであろうか？　帝に女宮の本心を。

逡巡《しゅんじゅん》する伊子の前で、帝は品の良い所作《しょさ》で箸《はし》を動かしている。羹《あつもの》の具は蛤《はまぐり》で、おそらくだが今年の初物だ。海から離れた京で新鮮な海産物は手に入りにくいのだが、どうやって献上したものやらである。

「女宮が若宮の産養を引き受けてくださるのなら、朝臣達もしばらくは不満を言うまい」

椀《わん》に視線を落としたまま帝がぽつりと告げた一言に、伊子は目を瞬かせた。

なるほど、そういう考え方もできるのかと思った。

嵩那と並んで東朝の象徴的存在である女宮が、西朝出身の今上の若宮の産養を行う。これは西朝の不当に声を上げかけていた朝臣達にとって、梯子《はしご》を外されるような行為だろう。

逆に西朝にとっては、心強い追い風となるにちがいない。

もちろん女宮の目的が、反西朝の気運を抑えるためであるはずがない。なにか企《たくら》んでいることは間違いない。しかし現状を考えればここは女宮の行動を利用して、反発勢力を抑えることも一手かもしれない。

そもそもここで理由も明確にしないまま産養を断るよう伊子が訴えても、帝が納得するわけがない。よしんば帝に女宮の本心を暴露して承諾《しょうだく》を得ても、東朝派の朝臣達から、せっかくの女宮の厚意を袖にするのかと、西朝に対するさらなる反発を招きかねない。

思案を巡らせたあげく、伊子は腹をくくった。

「まことに、ありがたいお申し出でございますこと」

とつぜん帝は、椀から視線を上げた。直前のやりとりからしてさぞ深刻な顔をしているかと思いきや、存外なほどに軽やかな笑みを浮かべていた。

きょとんとする伊子の前で、帝は食べ終わった蛤の貝殻《かいがら》を箸でつまみ上げて見せた。

「ご覧」

「はい？」

「この蛤は、とても形が良い。貝覆《かいおお》いの遊びに転用しても良さそうなぐらい」

とつぜんなにを言っているのかと思った。

貝覆いとは、近頃女房達の間ではやっている遊びである。大量にある蛤の中から、左右一対《つい》をあわせて、その数で勝敗を競う。その性格上、他に比べて極端に大きかったり小さかったりする貝は適さない。

唐突《とうとつ》すぎる話題転換に反応するのが遅れたが、すぐに伊子は頭を切り替えた。

確かに椀の上に浮かんだ貝殻は形が良く、物合わせにでも使ったら優れた点を幾つかであげられそうだ。ならば貝覆いにも転用できるだろう。

「では捨てずに内匠寮《たくみりょう》に預けましょう。なにしろ貝覆いは三百六十もの蛤を必要としますゆえ、形のよい貝殻は幾つあっても助かりましょうから」

そう言って伊子は懐紙《かいし》を出して、蛤を受け取った。

貝殻を紙で丁寧《ていねい》に包んだあと、四方山話《よもやまばなし》のようにつづける。

「それにしても、主上《おかみ》が貝覆いをお気にかけられるとは思いませんでした」

貝覆いは貝合わせとちがい、比較的新しい遊びである。しかも女人《にょにん》達の間ではやっているものなので、帝が蛤を見てすぐに貝覆いを考えついたのは意外なことであった。

帝は悪戯《いたずら》っぽい笑みを浮かべた。

「麗景殿《れいけいでん》を訪ねたとき、女房達が遊んでいるのを見たのだよ。なかなか楽しそうだったので一度混ぜてもらったんだ」

「まあ」

伊子は驚き半分、あきれ半分の声をあげた。

麗景殿女御とは、先日入内《じゅだい》したばかりの新大納言《しんだいなごん》の大姫・藤原朱鷺子《ときこ》のことだ。十三歳という若さながら、嫋々《じょうじょう》としたその美少女ぶりはすでに御所中で評判となっている。

帝が夜のお召しとは別に、昼間などにも自ら麗景殿に足をむけていたことは伊子も知っていた。内気な性質《たち》でなかなか物堅さの取れぬ朱鷺子と打ち解けようと、なにかと気遣ってやっているようだった。

とはいえ、さすがに女房達にまじって貝覆いに参加していたとは思わなかった。

「存じ上げませんでしたわ。それで勝敗のほうはいかほどでございましたか」

「さんざんだったよ。やはり日ごろやりつけている者達には敵《かな》わぬ」

苦笑しつつ帝は言った。朱鷺子は穏やかな気性に加えて年下ということもあり、二つ年上で気性の激しい桐子よりも帝に気を張らせない相手のようだった。

（まあ、しかたがないわね……）

五条《ごじよう》の邸《やしき》でいまだ白装束《しろしようぞく》で休んでいるであろう桐子のことを考えると複雑な気持ちになるが、女である伊子からしても守ってやりたいと思うほどの可憐《かれん》な美少女の朱鷺子が相手ではいたしかたない。

自分にとって初めての子を産んだ桐子に対し、帝はあいかわらずぎこちない反応しか示せていない。もちろん帝なりに感謝も感動もあるのだろうが、若宮《わかみや》の顔すら見ていない状況で父としての自覚を求めても無理な話かもしれない。まして父として夫としての抑えても抑えてもあふれ出るような感動はとうてい生じていないだろう。

出産という行為に対しての、男と女。いや父と母の成長速度の違いを痛感する。

以前に嵩那が、男はわが子の姿を目にしないと父親にはなれないと言っていたが、まさにその通りだと思った。つい数日前に対面した身重の桐子は、出産を前にして、母として目に見えぬ恐怖と戦う強さを完全に身につけていた。

その恐怖を故意に与えていたのが、女宮だったのだ。

先帝に恨みを持つ女を五条の邸に送りこみ、江式部《ごうのしきぶ》という名の女房に仕立て上げて桐子に仕えさせていた。

江式部は策を弄《ろう》し、臨月の桐子の不安をあおって彼女を追い詰めた。

しかし気丈な桐子は挫《くじ》けなかった。その結果、伊子の追及を受けた江式部は女宮の手の者であることを白状したのだ。

しかし女宮の本心を公にできぬ状況では、江式部を罰することもできなかった。もちろん桐子にも、その母親敬子《いっこ》にも真相は話せていない。ゆえに伊子は江式部に暇乞《いとまご》いを示唆《しさ》し女宮への伝言を命じた。

——この私がいるかぎり、何者にも主上に手出しはさせませぬ。

この宣戦布告を女宮がいかように受け取ったのか分からない。

あんがい小娘がなにを小癪《こしゃく》なと、鼻で笑われているかもしれない。女宮のここまでの戦績を考えればそれもしかたがない。

帝が食事を終えたので、伊子は高坏《たかつき》を持って立ち上がった。襖障子《ふすましょうじ》を隔《へだ》てた台盤所《だいばんどころ》に控えていた命婦《みょうぶ》に空《から》になった飲食具を渡す。

ちょうどそのとき、簀子《すのこ》から軽やかな足音が聞こえた。

御簾《みす》を隔てた先に見えたのは五位を示す緋色《ひいろ》の袍《ほう》である。

「戻ったか、蛍草《ほたるぐさ》」

いち早い帝の呼びかけに、五位蔵人《くろうど》・藤原尚鳴《なおなり》はその場に膝をついた。

「はい、ただいま戻りました」

「挨拶《あいさつ》はいいから、お入り」

帝の許しを受けて尚鳴は、御簾の間からほっそりした身体《からだ》を滑り込ませた。

板敷に膝をつき、一度頭を下げてからふたたび話しをはじめる。

「若宮様に無事御剣《みつるぎ》（守り刀）を差し上げて参りました。女御様方のご厚意でご尊顔《そんがん》を拝させていただきましたが、健《すこ》やかで誠に愛らしいややさまでございました。もちろん女御様もお健やかにお過ごしということでございます」

などと興奮した声で吉報を伝える。尚鳴は五条の桐子の邸に、遣いとして出向いていたのである。生まれたばかりの赤子に守りの太刀《たち》を授けることは、古来よりの慣習だった。

「それはよかった」

落ちついた口調で応じた帝に、尚鳴はさらにまくしたてる。

「藤壺女御がおわします五条の御邸は、本宅でもないのにたいそうな賑《にぎ》わいでした。明日の三日目の産養《うぶやしない》は藤参議《とうのさんぎ》が差し上げると聞き及んでおりますが、参議殿であの騒ぎでしたら五日目と七日目はどうなるのでしょう。特に七日目の産養に入道の女宮様が名乗りを上げてくださったことに、右大臣《うだいじん》は殊《こと》の外《ほか》上機嫌だったとか」

藤参議はかねてより右大臣側の人間だったから、彼が三日目の産養を請け負うことはなんの不思議もない。昨年の大嘗祭《おおなめさい》で藤参議が舞姫献上を請け負ったときは、右大臣が支援をしていた。

（そういえば、あのときにはじめて女宮の存在を知ったのだわ）

つらつらと思いだす。舞姫献上者への朝臣達の支援が、右大臣寄りの者達にと偏向しかけていた。そこに女宮が新大納言《しんだいなごん》派の献上者達への支援を申し出たのである。いまになってみると苦々しいの一言だが、あのときは伊子も女宮に感謝すらしていた。恩義を感じた新大納言などは、あれ以来女宮と距離を近くしている。

その女宮が、今度は右大臣家の産養に名乗りを上げた。

傍目《はため》にはうまく均衡を取った賢明な対応と映るだろう。舞姫の件でふてくされていた右大臣も、これで女宮に対する印象をよくするはずだ。その裏で右大臣側に江式部を送りこみ、桐子に嫌がらせを繰り返していたというのに。

忌々《いまいま》しい気持ちを抑え、努めて冷静に伊子は言った。

「舞姫の支援で変なしこりができておりましたが、もともと女宮様と右大臣とは遠い関係ではなかったのですよ。なにしろ北《きた》の方《かた》の御母上が、女宮様の乳姉妹《ちきょうだい》だったということですから」

「ああ、そういえばさような話をお聞きいたしました」

尚鳴が言った。

「北の方からですか？」

桐子の母・敬子は、あの夫と娘からは想像もつかない良識的な婦人で、伊子は全面的に好意を持っていた。貴族の姫君としては規格外に奔放《ほんぽう》な桐子が良くも悪くも己を貫き続けられる理由は、あの母君がしっかりと両手を広げて見守っているからだと思った。

尚鳴は首を横にぶんっと振った。

「いえ、御邸の女房からです。自分はその縁で右大臣家に召し抱えていただいたと言っていました」

「え？」

まさかの考えが脳裡《のうり》に浮かんだ。

女宮と敬子の縁で、右大臣家に入った女房など伊子は一人しか知らない。

だが彼女の目論見《もくろみ》を伊子は暴いた。そして敬子に告発しない代わりに邸を出るように命じた。

「それは……」

声をかすれさせる伊子の前で、尚鳴ははきはきとした声音《こわね》で言った。

「亡くなられた江相公《しょうこう》のご息女で、江式部と呼ばれる女房ですよ」

陪膳《ばいぜん》を終えると、伊子は急いで清涼殿を出た。

飛び込んだ先は弘徽殿《こきでん》の細殿《ほそどの》（西廂）である。王女御《おうのにょうご》こと茈子《さいこ》女王が梅壺《うめつぼ》に移ってから無人となったこの殿舎に、近頃はひそかに出入りしていた。

一人で考え事をしたいときなど、承香殿《しょうきょうでん》ではたとえ自分の局《つぼね》であっても女房達の気配が気になる。清涼殿と承香殿に近いこともあって、半月ほど前から弘徽殿に潜りこむことが多くなっていたのだ。

片膝立ちで座り、じっと床を眺める。二枚格子《にまいこうし》は上だけが上げられており、下は嵌《は》めたままにしてある。内側に垂らした御簾を通して差しこんでくる西日が、板敷の床にまだらの模様を刻み付けていた。

「どういうこと？」

低い声で伊子はうめいた。

江式部がまだ桐子の傍に居たというのは、なかなか衝撃だった。

しかし考えてみれば、予測できたことだった。

江式部が犯した罪を告発しない代わりに、自主的に桐子のもとを去るように命じた。そう言ってしまえば温情のようだが、告発できない事情は伊子のほうにあったのだからそりゃあ足元を見られるだろう。まったく、江式部が素直に命令に従うと思い込んでいた自分のおめでたさが腹立たしくさえある。

東朝の皇統奪回という女宮の目論見を白日《はくじつ》の下にさらしたくない。

はじめのうちはそこまででもないと思っていたこの枷《かせ》は、事態が深まるにつけ水を吸った綿衣のようにじわじわと重さを増している。

このまま江式部が居座り続けては、七日目の産養《うぶやしない》の日に女宮と接触する。

ひょっとして江式部はそれを待っているのだろうか？　あまりにも不気味すぎる取り合わせに伊子は思わず身震いする。

そのとき、外のほうから男達の声が聞こえてきた。

「しかし右大臣という立場にある御方が、公《おおやけ》の場所であのように浮かれるのはいかがなものかと……」

「生まれてまだ三日目に、帝に強引に親王宣下を求められたということですぞ」

「まこと、あさましい。さように焦らずとも、藤壺女御所生であれば親王宣下は確実であろうに」

御簾の向こうから聞こえる会話は、距離感からして壺庭《つぼにわ》でされているようだった。

彼らが指摘するように、若宮《わかみや》誕生を受けての右大臣の浮かれっぷりは、それはすさまじかった。

もちろん想像はしていたし、ある程度は仕方がないと覚悟していたうえで、それでも目に余るのだから相当だ。自邸であればいくら浮かれようと勝手だが、いやしくもここは内裏《だいり》である。

伊子はいざりより、嵌めたままの下格子に耳をつけた。本当は話している者達の顔も確認したかったが、迂闊《うかつ》に立ち上がって御簾に影が映ったりしては、中に人がいることがばれてしまう。ここにいたのはあくまでも偶然だが、状況を考えればどうしたって怪しまれる。

「それにしても入道の女宮様も心無いことをなさる。式部卿宮《しきぶのきょうのみや》様からすれば、もっとも近しい叔母上《おばうえ》に裏切られたような気持ちにもなりましょう」

ため息交じりの朝臣の言葉に、伊子はびくりと反応した。

裏切られるもなにも、嵩那は最初から女宮のことはかけらも信用していない。しかしそういう内情は公になっていないから、いまの言葉は別件を指しているはずだ。

「まことに。女宮様もよりによって、若宮の産養をお引き受けなさるとは」

「しかも当日は、宴席に直々足をお運びになられるとか」

「右大臣は、これで東朝の承認を得たかのようなのぼせようでありましたぞ」

「式部卿宮様としては、まことに無念でございましょう」

「参内《さんだい》を取りやめてしまった理由も、これで合点《がてん》が参りました。さぞご失望なされておられることでしょう」

やりとりから察するに、彼らは東朝を支持する者達らしい。まだ話を続けるかと耳を澄ましたが、あいにく声は遠ざかっていった。どうやらこの場を離れて行ってしまったらしい。

伊子は格子からいったん身体を離し、片膝を立てて座りなおした。膝頭《ひざがしら》の上に手と顎《あご》を乗せて呆然《ぼうぜん》とつぶやく。

「えらいことになっている……」

腹立たしさを超えて、軽く絶望しかけている。彼らの言いようは、まるで嵩那が皇統を取り返すことを期待しているようではないか。だから最大の支援者である女宮が若宮の産養を引き受けたことで、嵩那は自分が見捨てられたと拗《す》ねて引きこもってしまったと思い込んでいるのだ。

思い違いも甚《はなは》だしいが、東朝を支持する者達がそのように考えているとしたら、嵩那の今回の蟄居《ちっきょ》はさらなる誤解を招きかねない行為だった。

これはとうてい放っておけない。まずは嵩那にその旨《むね》を知らせなければ。

しかし現状のこじれた関係では、彼が伊子の意図を素直に受け止めてくれるものかどうか怪しい。あるいは朝臣たちの思惑を伝えるだけであれば、左近衛大将《さこのえのたいしょう》にでも託したほうが賢明かもしれない。

しかし江式部が桐子にした嫌がらせの数々は、左近衛大将に託すことはできない。ここは多少の屈託は覚悟のうえで、やはり自分が文を書くべきか。

「あ～、もうどうしよう」

呻きながら膝の上で頭を抱えこむ。

そのときとつぜん生じた気泡《きほう》のように、ふっとある懸念《けねん》が思い浮かんだ。

女宮が産養に参加をするのなら、とうぜん江式部と顔をあわせる。

女宮が臨月の桐子に嫌がらせを繰り返した理由は、西朝の御子の母となる彼女に東朝の恨みを思い知らせるためだ。個人の感情だけで言えば、女宮は桐子に恨みは抱いていないはずだ。もちろん坊主《ぼうず》が憎ければ袈裟《けさ》までも憎いという感情はあるかもしれないが。

だがこたび誕生した若宮はちがう。

この男児は、東朝再興を目論《もくろ》む女宮には格好の標的となる。

五条邸での顚末《てんまつ》から、さすがに女宮も人を殺《あや》めるほどに非情ではなかったと安堵《あんど》した。

けれどそれは、相手が桐子だったからではないのか？

そこまで考えて、伊子はぶるりと身を震わせた。

「まさか、そこまで……」

思わず言い洩《も》らした言葉には、なんの根拠もなかった。希望的、願望的、常識的な面から考えただけの憶測だった。

ひとつ息をつき、考えを改める。女宮の本心が公になっていない現状で、彼女に疑いを持てる人間は限られている。しかもそれを内密にしたのは伊子と嵩那の判断だ。ならば内情を知っている自分が動かなくてはならない。結果的に考えすぎであったとしてもかまわない。万が一の最悪の事態を阻《はば》むためなら、多少の無駄骨は厭《いと》わない。

「行かなければ」

七日目の産養に。女宮と江式部が接触する、生まれたばかりの若宮が住む邸に。

伊子は自身の頭にからめていた腕をほどいて立ち上がった。からんとなにかが転がる音がして、床を見ると懐紙《かいし》に包んだ蛤《はまぐり》が転がっていた。

七日目の産養は、戌《いぬ》二ツ（午後八時頃）にはじまった。

伊子はほんの少しばかり遅れて到着したのだが、車宿《くるまやど》りにはすでに何台かの牛車《ぎっしゃ》が並んでいた。物見窓からちらりと見ると、ほとんどが網代車《あじろぐるま》である。檜網代《ひのきあじろ》に常の網代。半蔀《はじとみ》の車に八葉《はちよう》の車《くるま》等々、網代車はもっとも多用される車なので種類が多い。もちろん伊子が乗ってきた物も網代車の一種、袖白車《そでしろのくるま》である。一般的に大臣の位にある者が使用する種類で、本日は父・顕充《あきみつ》の名代ということで借り受けてきたのだ。

五日目の産養に参加した翌日、主催者である右大臣《うだいじん》のあまりの浮かれ具合にげんなりした顕充は、七日目は弟の実顕《さねあきら》に名代を頼むつもりだと愚痴《ぐち》っていた。そこで渡りに船とばかりに伊子が名乗りを上げたのだ。

（実顕《あの子》もいまの浮かれた右大臣とは顔を合わせたくなかったみたいだから、ちょうどよかった）

そんな状態の車宿りに、ひと際豪奢《ごうしゃ》な唐車《からのくるま》が停まっていた。

唐棟の破風《はふ》の形をした屋根は、枇榔《びろう》の葉を細かく裂いて編んだ手の込んだもの。こんな車に乗れるのは、臣下では関白摂政《かんぱくせっしょう》。皇族でも親王以上、上皇や皇后ぐらいである。

参加者の面子《めんつ》を考えれば、女宮の車であることは一目瞭然だった。

(もう、お出ましなのね)

否応《いやおう》にも張り詰める気持ちを落ちつけるため、伊子は唐衣《からぎぬ》の襟《えり》を引き寄せた。

弥生上旬に揃えた衣装は桜のかさね。赤の絹に白を重ねた唐衣と表着《うわぎ》。五つ衣《いつぎぬ》もすべて桜で、袖口からのぞく単《ひとえ》のみが萌黄《もえぎ》色である。

牛車を降りて車寄せ《こわば》(牛車の乗降口・沓脱《くつぬ》ぎの場所)に上がった伊子は、そこにいた出迎えの者を見て顔を強張らせた。

江式部だった。

白で統一された唐衣裳に身を包んでいる。これは産後七日目までの習慣で、産婦の桐子はもちろん、出産にかかわった者達はすべて白装束《しろしようぞく》をまとう。

「ようこそ、お越しくださいました」

深々と頭を下げた江式部に、伊子は無言のまま眉《まゆ》を寄せる。一連の事情を知っている千《ち》草《ぐさ》などは、満面に不快の色を露わにしている。

しかし江式部は露ほども動揺《どうよう》せず、慇懃《いんぎん》に話をつづける。

「今宵尚侍《こよいかん》の君様がお越しくださるということで、北の方様はたいそうお喜びでございます。少し前にも、まだ尚侍《ないしのかみ》はご到着ではないのかと私共にお尋ねになられて、中門まで確認に来たところで――」

「まだ、ここにいたのですか」

腹に据えかね、伊子は江式部の話を途中でさえぎった。

江式部は不意をつかれたような顔をしたが、それはすぐに薄笑いに変わる。

「ご心配なく。今日でお暇をいただきますよ」

「……」

「本日の産養《うぶやしない》が終わってから、女宮様の女房の車に同乗させていただく予定で、こちらの北の方様にもお話しをしております」

伊子は顔をしかめた。言われてみれば理はある。江式部の謀《はかりごと》が判明し、伊子が彼女に邸を去るように命じてから十日ほどしか経っていない。敬子と桐子に怪しまれぬよう筋を通して辞めるのならば、せめてこれぐらいの日数は必要だろう。しかもその間合いで女宮が訪ねてくるのなら、大本の原因を作った彼女にこの先を頼ることは道理である。

「ならばけっこう」

腹立たし気に答えた伊子に、江式部は小さく相槌《あいづち》をうってからくるりと踵《きびす》を返した。このまま寝殿まで案内するつもりらしい。

苦々しい思いを抱きつつ、伊子は裾《すそ》を引いて歩きはじめた。

一般的な邸宅と同じように、五条邸の中門廊《ちゅうもんろう》は片側が吹き放しになって南庭《だんてい》が一望できるようになっていた。庭のあちこちで焚《た》かれた篝火《かがりび》の炎が、春の宵《よい》に咲いた花々を幽玄《ゆうげん》に照らし出していた。

籬《まがき》の中は菜の花に浜大根、石竹《せきちく》などの可憐《かれん》な草花が彩りよく咲いている。視線を少し上向かせれば、朱色の木瓜《ぼけ》に黄色の連翹《れんぎょう》など低木の花々がほころんでいた。さらに高い位置では白木蓮《はくもくれん》と紫木蓮《しもくれん》が、星々を受け止めるかのような形の花弁を広げている。

春の美しい花々の中で、ひと際見事だったのが桜（山桜）であった。

中門廊と東《ひがし》の対《たい》の角に植えられた大木は見上げるほどに高く、軒《のき》に覆《おお》いかぶさるように枝を伸ばしている。満開の白い花は、赤褐色《せきかっしょく》の若葉が闇に溶け込んでいたこともあり、夜空に白い暮靄《ぼあい》が浮かんでいるように見えた。

不機嫌に歩いていた伊子も思わず足を止める見事さだった。同じ思いだったのか、後ろからついてきていた千草も感嘆の声をあげる。

「これはなんと見事な……」

「本当ね。先日お伺《うかが》いしたときは、気付かなかったわ」

前の訪問は十日前だから、あのときはすでに蕾《つぼみ》は膨らんでいたのだろうか？　渋々の訪問だったこともあって庭など見る余裕もなかった。精神状態を言えば、あのときよりいまのほうがよほど緊張はしているのだが。

「南殿（紫宸殿《ししんでん》）の桜は、まだこれほどには咲いていませんよね」

「日当たりや土地の影響もあるのでしょう。吉野山《よしのやま》（奈良県）の桜は山裾《やますそ》から山頂にむかって、清明《せいめい》から穀雨《こくう》（二十四節気・新暦では、この場合四月頭から五月頭に当たる）あたりにかけて徐々に咲いてゆくそうよ」

吉野山の桜は位置により上中下、奥と分けられており、その雄大さは一目千本とも称されている。伊子と千草は桜を見上げながら話をつづけた。桜のむこうで江式部が待っていることは分かっているが半ば嫌がらせの気持ちもある。視界の端に映る白装束を気にしながら、事も無げを装《よそお》ってあれこれ語りつづける。

そのさなか、梔子《くちなし》色の衣がふっと視界をかすめた。

はっとして視線を動かすのと、声を聞いたのは同時だった。

「ならば楽しみですこと」

桜を挟んだ先、対の屋を背に立っていたのは女宮だった。

肩より少し下で切りそろえられた白銀の髪は、梔子色の小袿《こうちぎ》の上に広がっている。中香《なかこう》の五条袈裟《ごじょうのけさ》を被《かぶ》った姿はあいかわらず清らげな尼姿《あますがた》だった。

嫌みの一つや二つどころか、つかみかかって罵声《ばせい》を浴びせたい気持ちを抑え、伊子は丁《てい》寧《ねい》に頭を下げる。

「ご無沙汰《ぶさた》しております。入道の女宮様」

「こちらこそ、尚侍の君。久しぶりにお会いしましたら、いっそう艶《あで》やかにおなりになられたようね」

「……ご冗談を。平気で月明かりの下に立てるような年ではございません」

自分より年長の女人《にょにん》を相手にどうかと思う言葉だが、相手が女宮なのだから気遣いをするつもりはまったくない。とうぜんのごとく女宮も、いっこうに気にした様子もなく平然と答える。

「ご謙遜《けんそん》を。そのご衣裳もとてもよくお似合いです。小桜紋の桜かさねの御衣《おんぞ》とは、まさしく今宵のため誂《あつら》えたような装いではございませぬか。まるで桜の精のようですよ」

あまりにも白々しい誉め言葉に、伊子は完全に鼻白んだ。種類はなんであれ凡人を花の精に喩《たと》えるなど、おこがましいにもほどがある。そんなものは絶世の美女か、あるいはよほど浮世離れした清らげな少女でもないと気恥ずかしくて聞いていられない。

白けた眼差《まなざ》しで女宮を見たあと、けれどこの人の若い時分は、冴え冴えとした冷たい空気の中で鮮やかに美しい花を咲かせる寒牡丹《かんぼたん》の精のような人だったのだろうと思った。きっと若い親王や公達《きんだち》の胸をときめかせたにちがいない。

気紛《きまぐ》れに吹いた風のように、一瞬過《よぎ》った感情を伊子は封じこめる。努めて平静な表情を保ち、何事もなかったかのように尋ねる。

「先ほどちらりと仰《おお》せでございましたが、なにが〝楽しみ〟なのでございますか？」

吉野山の桜の話をしていた伊子と千草の間に、女宮は「ならば楽しみだ」と言って割りこんできたのだ。

「ああ、そのことですか」

相槌を打ちつつ、女宮は答えた。

「実は明日から、吉野に行くことになっているのです。かねてより修理をさせていた離宮が、ようやく人が入れるようになったものですから」

「吉野の離宮？」

訝《いぶか》し気につぶやいたあと、伊子はまさかと目を瞬かせる。

「よもやそれは、吉野宮のことでございますか？」

「さすが、ご存じでございましたのね」

さも感心したというように、女宮は大袈裟《おおげさ》に驚いて見せた。

吉野宮とは、寧楽《なら》の時代に造られた離宮である。当時は吉野への行幸《ぎょうこう》は頻繁《ひんぱん》に行われていたのだが、都が京に移ってからは訪れる者も少なくなり、ずいぶんとさびれてしまったと聞いている。その離宮を女宮は手入れしたというのだ。

「下千本《しもせんぼん》は今頃が盛りでしょうから間に合わぬやもしれませんが、中千本《なかせんぼん》以降はこれからが見頃でございましょう」

下千本、中千本とは、それぞれ桜の群落をさす。

吉野山は別名『金《かね》の御嶽《みたけ》』とも呼ばれる霊山なので、女人は奥深くに立ち入ることはできない。しかしその境界は大峰山寺《おおみねさんじ》に向かう相当に奥深い場所なので、桜を見る分には問題はないだろう。

それにしてもこの間合いで都を出るとは、いったいどういうつもりなのか。表立っては動かずとも、若宮《わかみや》の東宮擁立《ようりつ》に燃える西朝派に徹底抗戦すると思っていたのに。

（ご丁寧に産養《うぶやしない》を差し上げて、そのあとは都を離れるですって？）

まるで西朝の陣門に下ったかのような行動ではないか。

誰がそんなことを信じるものか。諦めたなどと、けして思わない。それどころか、かえって不穏しか感じない。

いったいなにを企《たくら》んでいるのかという疑念を滾《たぎ》らせていると、女宮は頰《ほお》に手を添えて、わざとらしいため息をついた。

「それにいたしましても、まことに艶やかな装いでございますわ」

言葉尻を変えて繰り返されたおべっかに、伊子は心底白け切った。だというのに女宮は気にしたふうもなく、逆に不自然なほど上機嫌で語りつづける。

「一口に桜のかさねと申しましても、桜には色々種類はございますでしょう。なれどその白の絹から紅の絹が透けて見えるかさねは、この山桜の白き花と赤き若葉をよく模していると思いますのよ」

それまで流し聞いていた伊子だったが、赤き若葉というところに興味を惹《ひ》かれた。梅花や山吹《やまぶき》、菊等の花の名を使ったかさねは、なんとなく花弁のみを表している印象しかなかった。しかし山桜の花がかぎりなく白にちかい薄紅であることを考えれば、案外女宮の見解のほうが正しいのかもしれない。

「確かに、仰せの通りでございますね」

「そうやって桜の下にお立ちになられた麗《うるわ》しいお姿を、是が非でも五《ご》の宮《みや》に見せてさしあげたいものです」

伊子は目を見開いた。五の宮とは嵩那のことである。

女宮の口調が、がらりと変わった。

「五の宮が蟄居《ちっきょ》しているそうですね」

そう言ったときの女宮は、それまで浮かべていた薄笑いを完全に消していた。

伊子は息を詰め、桜を挟んだ先に立つ女宮の姿を凝視した。そうやって涼やかな外見の内に潜む執念を探ろうとした。

しかし完全に表情を消した女宮からは、微塵《みじん》の感情すら見ることはできない。

まといつくように緩やかな風が吹き、ふわふわと桜の花びらを散らした。女宮の梔子《くちなし》色の小袿の周りに、白い花弁が降りかかる。それは春の風情《ふぜい》というより、あたかも舞い散る雪のようで、女宮を冬の女神・宇津多姫《うつたひめ》のように見せたのだった。


産養の祝宴は、寝殿を母屋《もや》から南廂まで開け放った広い会場で催《もよお》された。

もっとも大きな七日目の祝宴ということで、参加者は引きも切らず、寝殿だけでは足らずに西の渡殿《わたどの》まで席として開放されるほどの賑《にぎ》わいである。

庭に設けられた幄舎《あくしゃ》にも、下位の者達がひっきりなしに訪れている。髪上げをした女房達が忙し気に御膳《おもの》を運んでいるが、客の人数が多いのでなかなか追いつかない。

母屋の一角に席を得た伊子は、御簾《みす》に顔を寄せつつ南廂の様子を眺めていた。

公卿《くぎょう》達の席は南廂に設けられており、渋々出席したであろう新大納言《しんだいなごん》と源中納言《げんのちゅうなごん》も並んでいる。顕充が出席していれば間違いなくあの場に座っていたのだろう。しかしいくら名代とはいえ、伊子がそこに座るわけにはいかない。そんなわけで御簾を隔《へだ》てた母屋に、女宮とともに座を得ていたのである。

　そもそも女宮の動向を監視するために来たのだから、相席は望むところだった。とはいえ気づまりなことは確かなので、敬子が同席していたのは幸いだった。彼女は三日目と五日目の祝いは男ばかりだったので顔を出さなかったのだが、今回は女宮の主催でそのうえ伊子までもが出席するということで参加を決めたらしい。

「本宅であれば、これほど手狭になることもなかったのですが」

　申し訳なさそうに語った敬子の衣装は白装束である。

「本宅に戻ることも考えたのですが、産褥《さんじょく》の床《とこ》にある女御の負担となっては元も子もございませぬから」

「それはもちろんです」

　伊子は強く同意した。

「ところで女御様の御加減はいかがでございますか？」

　敢《あ》えて女宮の前で訊いたのは、単なる当てつけである。あなたの嫌がらせや謀略《ぼうりゃく》にも屈せず、桐子は見事に生命を産みだしてみせたのだと言ってやりたかったのだ。ちなみに桐子と若宮がどこにいるかというと、奥の北廂である。孫廂《まごびさし》まである広い空間の奥に御帳台《みちょうだい》を置き、そこに横たわって産養の様子をうかがっているのである。

伊子と女宮の対立など知らぬ敬子は、ぱっと顔を輝かせた。

「ええ、肥立《ひだ》ちもずいぶんと良いようで、一昨日などは宴《うたげ》のために作った芋粥《いもがゆ》を二杯もたいらげました」

「それは心強いことでございますね。赤子を産んだあとですから、滋養《じよう》を摂《と》らねばなりませぬもの」

「そういえば尚侍《かん》の君様から蘇《そ》を差し入れていただいたということで、ありがとうございます」

思い出したとばかりに敬子は言った。蘇とは牛の乳を煮詰めて作った高級食品で、滋養によいとされる。若宮に対する祝い品は朝臣達が先駆けて贈答しているだろうから、今回は桐子に食べてもらうものを選んだのだった。

「いえ、お口にあえば宜《よろ》しいのですが」

「大姫」

とつぜんの女宮の呼びかけを、伊子は最初自分に対するものかと思った。大君《おおいきみ》や大姫は長女に対する敬称である。だがすぐに敬子もまた長女であったことを思いだした。

そもそも女宮と自分の関係を考えれば、そんな気安い呼び方をするはずもない。対して敬子には、母親が女宮の乳姉妹《ちきょうだい》という縁がある。だからこそ敬子は女宮のことをかけらも疑っていないのだ。

あんのじょう敬子は、伊子に対するのと変わらぬ笑みを湛《たた》えて女宮のほうを向いた。この場においての三人の並びは、敬子を挟んだ形になっている。女宮は繧繝縁《うんげんべり》の厚畳《あつじょう》を、伊子と敬子は高麗縁《こうらいべり》の畳を使っている。

「いかがなさいました？　女宮様」

「江式部を今日連れて帰ると話していたけれど、この賑わいでは明日以降にしたほうがよくはないかしら？」

伊子はこめかみを引きつらせたが、反対側を向いている敬子はまったく気づかない。もちろん女宮の位置からは伊子の顔が見えているはずなのに、彼女はわざとらしいほどに視線をむけてこなかった。

「実はその件は江式部も心配してくれていたのですが、女宮様の側に人出が足りない状況でずるずると長引かせるのも申し訳がないので」

「まあ!?」

敬子の答えに女宮は大袈裟《おおげさ》な声をあげた。

「さようなことを気にしていたのですか？　確かに長くいた女房が一人辞めたので、あの者を戻して欲しいというのは本当のところなのだけど、けして急ぎではないのですよ。今日連れて帰りたいと言ったのは、単に産養の訪問と重なって都合がよいというだけの理由です。私はどうせ明日から吉野に参るのですから、江式部が戻ってきても留守居をしてもらうことにしかなりませぬもの。なんでしたら私が吉野から戻ってからでも不都合はありませぬよ」

「まことでございますか!?」

敬子は喜色を浮かべた。先日の姦計《かんけい》を知らぬ彼女にとって、江式部はあくまでも有能な女房である。若宮誕生でますます忙しくなる右大臣家《うだいじんけ》では、できるだけ長くいてほしい人材にちがいない。

「そういうことですが、そなたの意向はいかがですか。江式部」

女宮が視線を上げた先には江式部が、襖障子《ふすましょうじ》を背にして他二人の女房と立っていた。彼女達が手にした懸盤《かけばん》には宴の料理が盛り付けられている。いつからいたのかと驚いたが、江式部の立場を考えれば陪膳《ばいぜん》に立ち働くのはとうぜんのことだった。

「私は……」

江式部は少し言いよどんだ。なにを白々しい。最初から承知の上だろうにと伊子は忌々《いまいま》しく思った。

江式部はいったん返答を避けて、懸盤を女宮の前に置いた。別の女房が伊子と敬子の前にもそれぞれの懸盤を置く。蕨《わらび》と黄菜《さわやけ》の香物が入った小鉢《こばち》を中心に、五つの食器が形よく並んでいた。羹《あつもの》が入った蓋《ふた》付きの椀《わん》。三つの朱塗りの盤《さら》には、それぞれに雉《きじ》の炙《あぶ》り肉、鮭の包焼《つつみやき》、里芋と筍《たけのこ》の煮物が盛られている。

つづけて二の膳を抱えた女房達が入ってくる。開け放った襖障子のむこうには、三の膳を抱えた女房達の姿が見える。

どうにもはっきりしない江式部を気遣ったのか、取りなすように敬子が言った。

「江式部、私に遠慮《えんりょ》しなくてもよいのですよ。女宮様はあなたにとって亡き父君の主人も同然の方。そのお方に忠義を尽くすのはとうぜんのことでしょう」

ここまでのやり取りから察するに、このたびの急な暇は、女宮が江式部を戻すように要請したようだ。理由はもちろん、二人の姦計が伊子にばれたからだ。どのみち先々帝の怨念《おんねん》を恐怖として植え付けるという企みは、桐子の規格外の気質によって失敗に終わった。

ならばこれ以上桐子のもとにいる意味が江式部にはない。むしろ剣呑《けんのん》でしかない。そこで女宮に要請して、自分を呼び戻してもらうことにした。

しかしここにきて女宮は、江式部の奉公を延期するよう促した。社交辞令なのか、伊子への挑発なのか、あるいは別の意図があるのか——。

伊子は神経を尖らせて、江式部がどう答えるのかを待っていた。

しばしの黙考のあと、おもむろに江式部は口を開く。

「北《きた》の方《かた》様には良くしていただき、まことに感謝いたしております。女宮様もかように仰《おお》せでございますから、もうしばらくお仕えしたいとは思っているのですが……」

そこで江式部は一度言葉を切り、遠慮がちに告げた。

「実は少し前に文が届きまして、宇治《うじ》に住む乳母《めのと》のあんばいがあまり良くないと記してございました。それでできましたら、明日にでも見舞いに訪れたいと考えているのです」

「なんですって。そのような事情でしたら遠慮せずにお行きなさい。それからまた戻ってきてくれたらよいのよ」

「ですが乳母の年が年ですので、万が一のことがあれば死穢《しえ》に触れてしまいます。そうなればどのみちこちらに戻ることが叶わなくなります。それぐらいでしたら最初からお暇をいただいたほうがご迷惑もおかけしないかと……」

事の真偽は別として、江式部の言い分に伊子は首を傾《かし》げた。

江式部をこの邸《やしき》に留めようとした女宮の真意は分からない。だが一刻も早く下がらせなければという危機感は抱いていないようだ。あるいは今後若宮に害を為そうと考えているのなら、使える駒として江式部を留まらせておいたほうが都合はよかろう。

しかし江式部は、明確にその意向に逆らおうとしている。いかにふてぶてしく振る舞っていても、自分の悪事の次第を伊子に握られているのだから、すぐにでも逃げだしたいと思うのは道理かもしれない。

（この二人、亀裂が生じているの？）

先帝への恨み、皇統への不満という共通の意識のもとで団結した関係に。

伊子は女宮のほうを見た。しかし敬子の身体《からだ》に遮《さえぎ》られ、その表情をよく見ることは叶わなかった。

ならばとばかりに向き直ると、伊子は江式部に盃を差し出した。

「一杯いかが？」

江式部の目に警戒の色が浮かぶ。

しかし彼女はすぐに平静を取り戻し、愛想よく返した。

「いえ、仕事中でございますから」

「かまいませんよ、一杯ぐらいは。遠慮なくご相伴《しょうばん》にあずかりなさい」

そう言ったのは伊子ではなく、敬子だった。女主人でもない伊子に、この場でそれを言う権利はない。

しかし江式部は頑《かたく》なに拒絶した。

「いえ。私は酒に弱く、過去に泥酔《でいすい》してしまって透渡殿《すきわたどの》で一晩を明かしてしまったこともありますれば、ご相伴いただけるのでしたら仕事が終わってから——」

なんとも人は見かけによらないものである。

とはいえ伊子も別に彼女を飲ませてどうこうしようと思ったわけではなく、反応を見たくて声をかけただけだったので、それ以上強要することはせずに終わった。

それから半刻《はんこく》余りで、女宮は明日が早いからと言って帰っていった。

江式部は邸に残っていた。当初の予定通り明日の暇となったが、女宮とは行かずに宇治の乳母のところに行くのだという。

やはり二人の関係は、以前とはちがったものになっているのだろうか？　そもそも元から一枚岩というより、共通の敵を倒すために手を結んだ関係だ。相手が自分の意に添わぬことをすれば、それがきっかけで簡単に切れてしまっても不思議ではない。

いずれにしろ奥の北廂で療養している桐子と若宮にはなんの異変もないようで、ひとまずほっとした。

（関係が切れかけているのなら、江式部のほうに用心する必要はないのかしら……）

給仕のために頻繁《ひんぱん》に出入りする江式部の姿を目で追いながら、伊子はそんな希望的なことを考えていた。

夜が更けても、宴《うたげ》はまだつづいていた。

伶人《れいじん》（楽師《がくし》）達の伴奏で、名手と名高い殿上人《てんじょうびと》が琴《こと》や笛を奏で、催馬楽《さいばら》を歌うなどして興を添える。御簾《みす》を隔《へだ》てた南廂では、すっかり酔ってしまったらしい右大臣の上機嫌な声が聞こえてくる。若宮の目鼻立ちがどれほど優れているかを滔々《とうとう》と語りつづけているが、傍《はた》から聞けば生後七日目の赤子になにを言っているのかと苦笑したくなってしまう。

（まあ、あのお二方の御子なら、どう転んでもお美しくお育ちになるでしょうけれど）

今上と桐子の顔を交互に思いうかべ、伊子はうんうんと一人でうなずく。懸念《けねん》といえば祖父である右大臣に似ることぐらいだろう。

四の膳まで運ばれた料理は、ほとんど空《から》になっていた。もちろん伊子が一人で平らげたわけではなく、千草に命じて破籠《わりご》に詰めさせたのだ。四人いる彼女の子供たちの土産《みやげ》にしたらよいと言うと、気を利《き》かせた敬子が女宮がほとんど手をつけなかった膳まで提供してくれた。おかげで千草はほくほく顔になった。

この頃になると、皆の酒の進み具合もすっかり落ちついていた。この段階でまだ飲んでいるのは、よほどの酒豪ぐらいだ。中には悪酔いをして、どこで覚えたのかやたら俗っぽい歌舞《かぶ》に興じる者、給仕の女房に卑猥《ひわい》な冗談を言う者までいる。

「ほんと、性質《たち》の悪い酔っ払いって遠流《おんる》ものですよね」

千草は油虫《あぶらむし》（この場合ゴキブリ）に対するような冷ややかな眼差《まなざ》しをむける。ちなみに彼女の油虫を叩き殺す腕前は、滝口《たきぐち》の武者《むしゃ》の剣術より俊敏である。

こんなときに給仕をさせられる女房は、本当に気の毒だ。彼女達も交代で休みを取っているのか、宴がはじまった頃に比べてずいぶんと様相が変わっていた。最初のうちはみな品良く飲んでいたというのに。

千草の酔漢《すいかん》観察はしばらくつづいた。

「あ〜あ、あんな千鳥足《ちどりあし》で階《きざはし》を降りていますよ」

「え、大丈夫？」

真面目《まじめ》に心配する伊子に、千草は「池に落ちて頭を冷やせばいいんです」などと、なかなか乱暴なことを言う。何番目の夫だったのかはもはや忘れたが、相手の酒乱が原因での離婚経験があるので酔っ払いには辛辣《しんらつ》なのだ。

伊子は苦笑を交えつつ、南廂のほうに目をむけた。

「それにしてもお酒って、あんなに正体を失うものかしらね」

「姫様は、ほとんどお酔いにならないですものね」

「お酒は飲めるけど、気分が変わることはないわね」

「そのほうが安心ですよ。あの方なんか、なにが面白いのか簀子《すのこ》を行ったり来たり、もう四、五回は繰り返していますよ」

さすがにそこまで正体不明になることは望まないが、周りがほろ酔い気分で気持ちよさそうに酒をたしなむ姿を見ると少し羨《うらや》ましくは思うこともある。

賑《にぎ》やかな宴席も時の経過とともに、次第に落ちつきはじめてきた。客の中にはうとうとする者も現れ、ゆっくりとながら宴は収束の気配を見せはじめていた。

「引き際かしらね……」

伊子は独《ひと》り言《ご》ちた。女宮が帰ったのなら、江式部にそこまで神経を尖らせずとも大丈夫ではないか。なにしろ明日には邸を出ると言っているのだから。

御簾越しの夜空に月が見えなくなったことで、すっかり夜が更けたことを感じ入る。この邸を訪ねたときは、くっきりとした二日月《ふつかづき》が浮かんでいたのだ。月が見える時間の長さはその満ち欠けに比例している。

「そろそろお暇しましょうか」

傍《かたわ》らに控える千草に話しかけると、彼女ははっとしたように顔を上げた。どうやらうつらうつらしていたらしい。

「その前に、江式部のようすを見てきましょうか?」

ひそめた声で問う千草には、ねぼけた気配はなかった。伊子はこくりとうなずいた。給仕の女房が出入りしなくなってから、江式部の姿は見なくなっていた。

「そうしてちょうだい」

「お任せください。不埒《ふらち》なことを考えぬよう、きっちり締めてまいります」

指を鳴らしながら自信満々に千草は言うが、江式部のふてぶてしさを考えれば勝負は五分五分といったところだろう。

伊子は別の女房に言って、敬子に暇を告げさせた。はじめのうちは伊子の隣にいた敬子だったが、いまは少し離れた場所にいる親族の女人《にょにん》の相手をしていた。長い宴が滞《とどこお》りなく進むように、時には女房に指示を出すなどしながら敬子は家刀自《いえとじ》としての務めを果たしている。

ぼんやりと待っていると、先に千草が戻ってきた。彼女は露骨に不審な面持《おもも》ちのまま伊子の傍に座る。

「江式部がいませんでした」

そっと耳打ちされた言葉に伊子は目を見開く。そのまま反射的に北側を見る。北廂には桐子と若宮《わかみや》が休んでいる。

「大丈夫です。戻る前にようすを見てきました。お二人とも無事です」

千草の言葉にひとまず胸をなでおろす。さすが腹心の乳姉妹《ちきょうだい》。驚くほどこちらの意向を察している。

「いないって、江式部はどこに行ったの？」

「分かりません。曹司《ぞうし》を訪ねたら、見知らぬ女房が二人うたた寝をしておりました。揺り起こして尋ねたら、確かに三人で休んでいたはずなのにと、まるで煙に巻かれたような顔をしていました」

告げられた事実が突飛《とっぴ》すぎて理解が追い付かない。懸命に考えを整理しようとする伊子に千草がまくしたてる。

「逃げたんですよ、きっと。すぐに捜させましょう。車副《くるまぞい》達に命じてきます」

「落ちつきなさい」

いまにも駆け出していきそうな千草を、伊子はあわてて引き留めた。

「明日には円満に退くことが決まっている人間が、わざわざそんな怪しまれる手段で邸を出るわけがないでしょう」

「じゃあ、どこに行ったのですか」

「それは私も分からないけれど、寝ぼけるかなにかして、どこかで倒れている可能性もあるわ」

貴族の邸はほとんどが高床となっているので、時には転落事故が起こる。飲酒や睡魔の影響で高欄《こうらん》から転がり落ちる者など枚挙《まいきょ》に遑《いとま》がない。さほどの高さではなくとも、打ちどころが悪ければ大怪我《おおけが》をする。

千草はいまさら気づいたように、口許《くちもと》に手を当てる。

「一応、同僚の者達が捜してはいるようですが、北側は暗いので容易ではないかと」

江式部の曹司は、東《ひがし》の対《たい》と寝殿をつなぐ北側の二棟廊である。同じ並びに他の女房達の曹司も幾つか設けられていたと記憶している。その先はいわゆる裏庭で、確認はしていないが、一般的には下《しも》の屋《や》と呼ばれる雑舎や倉などがあるぐらいだ。とうぜんながら南庭のような篝火《かがりび》は焚かれず、極端に暗い場所となっている。こうなると個人的な敵愾心《てきがいしん》は別にして、単純に怪我をして倒れていないかと心配になる。

ちらりと敬子のほうを見ると、見知らぬ女房となにか話している。そういえば暇の報告をさせてからそこそこ過ぎているが、敬子がこちらに来る気配がない。いま彼女が話している女房は伊子が伝言を託した者ではなかった。

(どうしたのかしら?)

不審に思っていると、にわかに南廂がざわつきはじめた。少し前まではあれほど賑わっていたが、この頃になるとさすがに客の数もずいぶんと減っていた。

「な、なんですかね？」

千草が声をあげる。そのとき敬子が裾《すそ》を引きつつ、こちらにやってきた。

彼女は伊子の傍まで来ると膝をつき、声をひそめた。

「尚侍《かん》の君、御帰りになられるときは高辻小路《たかつじこうじ》は迂回《うかい》してくださいませ」

思いがけない要求に、伊子は目を瞬かせた。南側が五条大路に面したこの邸は一町の土地を所有しているので、北側は高辻小路に面している。

「なにゆえでしょうか？」

伊子の問いに、敬子はひどく気難し気な表情を浮かべる。そうして言いよどむように唇を引き結んだあと、ぶるりと身体《からだ》を震わせた。

「先ほどその通りで、女の遺骸《いがい》が見つかったそうです」

高辻小路の遺体は行方《ゆくえ》不明の江式部であると、翌日検非違使庁《けびいしちょう》によって判定された。

野犬に食い荒らされた遺体は損傷が激しく、死因どころかおよそ顔が識別できる状況ですらなかったのだが、背格好と、なにより血と汚物にまみれた白の袴《はかま》が決め手となったのだという。

いまや御所の者達は、老若男女《ろうにやくなんによ》問わずその話で持ちきりである。

「高辻小路で亡くなっていたというのなら、御邸の北口から出たということかしら？」

「でも、なぜそんな時間に女房が外に出るの。確かに宴《うたげ》の最中なら、どの門も閉ざしていなかったでしょうけれど」

「逢引《あいびき》とか……、ほら随身《ずいじん》とか従者だったら北口を使うかもしれないでしょ」

「亡くなったその女房って、江相公の姫君だったんでしょ。それもまあ年増《としま》だったっていうから、そんな身分の男と恋仲になるかしら？」

「なにを言っているのよ。年増だから相手の男をえり好みできなくなるんでしょ」

女人達の好奇心は収まることなく、御所に出入りする検非違使の官人を捕まえてはなんとか状況を聞き出そうとしている。内裏《だいり》に出入りをする検非違使の官人といえば、下位でもせいぜい佐《すけ》（次官）ぐらいまでで、現場で足を棒にして動き回っている下級官吏《かんり》達ではけしてないのだが。

事件が起きてから三日。

伊子は夢見の悪さを理由に、承香殿の局《つぼね》に籠《こ》もっていた。千草以外の女房は遠ざけていたが、五条邸の事件の衝撃がよほど大きかったのだろうと納得しているようだった。

「夕磨《ゆうまろ》さま、近頃来ませんね」

不満そうに千草が言った。夕磨というのは、弟・実顕の幼名である。右衛門督《うえもんのすけ》と検非違使別当《べっとう》を兼任している彼は、事件翌日に伊子の見舞いに訪れた。そのとき御所中の女房達からあれこれ訊かれてすっかり辟易《へきえき》したのか、ここ数日顔を見せないのである。家人の特権を振りかざして根掘り葉掘り訊いてやろうと意気込んでいた千草はすっかり拍子抜けしてしまっている。

伊子は脇息《きょうそく》に肘をついたまま答えた。

「忙しいのよ。右大臣《うだいじん》から連日尻を叩かれて」

「そういえば右大臣、この間は源中納言となんかやりあっていましたよ」

「どうせ源中納言が、今回の事件は東朝の呪いだとか匂《にお》わせたんでしょう」

投げやりに伊子が返すと、千草はこくこくとうなずいた。

この奇怪かつ凄惨《せいさん》な事件が先々帝の怨霊《おんりょう》によるものだという噂《うわさ》は、被害者が江式部と分かった途端に持ち上がった。西朝の系譜を継ぐ皇子の誕生と、それに浮かれる右大臣家に先々帝はひどくお怒りで、こんな形で鉄槌《てっつい》を食らわせたというわけだ。

だからこそ右大臣は事件解決に必死なのだ。検非違使によって人間の犯人が捕らえられれば、少なくとも呪いという説は否定される。

（呪いのほうが、まだいいわ）

伊子は奥歯を噛《か》み締めた。臓腑《ぞうふ》を鷲摑《わしづか》みにされたような不快感が、身体の内側からせりあがってくる。気持ち悪さからいまにも吐いてしまいそうだ。よもやの可能性を考えただけで、これまで感じたことがない嫌悪とそれ以上の恐怖に囚われてしまう。


江式部を殺《あや》めたのは、女宮ではないか？

生まれたばかりの若宮を、女宮は害するつもりではないか？　その可能性を考えて伊子は産養《うぶやしない》に参加した。ならばここまで心を乱さずともよさそうなのに、ざわつきが静まらない。


縁起でもない話だが、もし害されたのが若宮であれば、恐怖よりも怒りのほうが勝っただろう。女宮が若宮に手をかける理由がはっきりしているからだ。

だが江式部には、殺すほどの理由が女宮にない。

確かに彼女は失敗した。そのうえで女宮の意向に従わず、五条邸を出ることを決めた。女宮からすれば腹立たしいかぎりだろう。

だがその程度のことでは、人ひとりを殺す理由にはならない。少なくとも一般的な感覚からすれば。ならないはずなのに殺めたのだとしたら――それがなにより恐ろしい。

ぶるりと身を震わせたあと、伊子は恐怖を打ち払うように首を横に振った。そうして虚勢を張るかのごとく苛立《いらだ》たし気な声で言う。

「宮様からのお返事はまだ？」

「なしのつぶてです」

千草は即答した。伊子は渋面《じゅうめん》を作ったが、その反面ではそうだろうとも思っていた。返事があれば、こちらが訊く前に千草はすぐに言うだろう。分かっているはずなのに、もしやの思いでそんなことを尋ねてしまう、自分のいまの落ちつきのなさを痛感する。

遺体が江式部だと分かってすぐに、伊子は嵩那に文を書いた。

殺害にかんして自分の疑念を伝えるためだ。もちろん五条邸で起こったことは、先々帝の亡霊騒ぎから、直前の江式部の宇治行きも含めてすべて記している。おかげでとんでもなく長い手紙になってしまった。

それから丸一日が過ぎたが、嵩那からの返信はない。

「どうなされたのかしら？」

短い言葉にも、疑念の中に恨みがましさを交じえているのは否《いな》めなかった。

どれほどのわだかまりを持っていたとしても、これほど重要なことを無視する人間ではない。理性では分かっていても、それほど怒っているのかと不安を感じてしまう。

「いっそ遣いを出して、直接返事を聞き出してきましょうか？」

まるで伊子の心を読んだかのように千草が言う。その強気は心強いが、意味があるとも思えなかった。もしも嵩那が故意に返事をしないでいるとしたら、死穢《しえ》の蟄居《ちっきょ》を理由に面会はけして叶わないだろう。逆に言えば本人にその気があるのなら、多少時間がかかっても返事は来るはずなのだ。

「いいえ」

伊子は言った。

「もう少しお待ちするわ。容易に返事ができるようなことではないでしょうし」

言葉にして、あらためて認識する。伊子にとって女宮は宿敵だが、嵩那には実の叔母《おば》なのだ。しかも父親と同腹の、より近しい存在である。その人物が人を殺めたのかもしれないなどと言われても、すぐに冷静な判断はできないだろう。

ひとまず自身を納得させたところで、別の女房が実顕の訪室を告げた。

通すように言うと、ほどなくして黒の闕腋袍《けってきのほう》をつけた実顕が入ってきた。冠には緌《おいかけ》がついており、ともに武官装束《しょうぞく》である。御簾《みす》を隔《へだ》てた廂《ひさし》の間に座った実顕は、女宮から帝に文が届いたことを告げた。

「もう、吉野に到着なされたの？」

「いえ。どのあたりで文を出されたのかは存じませぬが、出発から二日ではさすがにまだ途中です。そこに式部卿宮《しきぶのきょうのみや》様が追いかけてこられて、お二方は合流なされたそうです」

予想外の展開に伊子は言葉を失う。

自邸に籠もると宣言していた嵩那が、女宮と合流して吉野に向かっている。しかも自分にはなにも告げないまま……。

その先をなんの抑制もなく考えると、とんでもなく感傷的になりそうだった。

どうして？　と叫びたい気持ちを抑えて、冷静になれと言いきかせる。伊子の内心の葛藤《かっとう》に気付いているのかいないのか、実顕は戸惑いがちに話をつづける。

「実はこの件にかんして、式部卿宮様から内裏《だいり》に報告はございませんでした。誰も彼もが宮様は蟄居なされているものと思いこんでいたものですから、この女宮様の便りはまさに青天《せいてん》の霹靂《へきれき》でした」

伊子は我に返った。そうだ。いま一番重要な問題はそちらのほうだ。伊子の態度に失望した嵩那が、別れを決意して吉野にむかった可能性ではないのだ。不安と動揺《どうよう》でつっぷしてしまいたくなる衝動を必死の思いで抑える。

「せめて部下の式部大輔《しきぶのたいふ》かご友人の左近衛大将《さこのえのたいしょう》にでもご伝言くだされば、かようなことには……」

口惜し気な実顕の口ぶりに、伊子は怪訝《けげん》な声をあげる。

「かようなこと?」

「ええ」

実顕はうなずいた。

「右《う》の大臣《おとど》が、こたびの女房の怪死に式部卿宮様がかかわっていると言い出したのです」

実顕が帰ったあと、伊子は千草までをも追い出してずっと思案してた。

江式部の怪死により、右大臣家並びに若宮《わかみや》は、東朝の怨霊に祟《たた》られているという疑念を持たれている。

なるほど。表面だけ見れば、確かに嵩那がこたびの事件に関与する動機はある。

表立ってはまだ誰も口にしないが、いまや嵩那は東朝派の旗頭《はたがしら》とされている存在だ。

しかし実際には、嵩那は東宮位も帝位も欲していない。

その彼が西朝側を貶《おとし》めようとするなどありえないことだった。右大臣は嵩那の真意など知らぬから被害妄想とまでは言わないが、人ひとりが亡くなっている事件にかかわっているなどと、よく調べもしないまま安易に口にすることではない。大臣という要職にあるのならなおさらである。

あんのじょう公卿《くぎょう》達からは猛反発を食らったうえに、とどめとして帝から強く叱責《しっせき》を受けたということだった。年若い帝は日頃から年長者を尊重して、滅多《めった》なことでは臣下を叱責しない。右大臣はそうとう堪えただろうが、若宮誕生で増長気味であったからこれは良いお灸《きゅう》となったかもしれない。

とはいえ死穢を理由に蟄居していた嵩那が、朝廷《ちょうてい》に無断で都を出たことで余計な疑念を招いたことは確かである。女宮を追いかけてきたというのだから、彼が都を出たのは江式部が亡くなった直後であろう。

これは疑われてもしかたがない。

もちろん伊子は、江式部の件にかんして嵩那の関与は微塵《みじん》も疑っていない。もし彼がなにか心境の変化で帝位を望んだとしても、そのために誰かを殺《あや》めるような人間ではけしてないからだ。

ゆえに嵩那の行動の真意を探ることは一度おいておき、江式部の怪死について視点を変えてみることにする。

「そもそも、死因が分かっていないのよね」

周りに人がいないのをよいことに、なかなか物騒な言葉を口にした。

遺体の損傷が激しく検屍が不可能であるかぎり、事故死の可能性も消えない。東朝側の怨霊にとり殺されたというより現実的だ。怨霊の存在は否定しないが、東朝の怨霊はないと断言できる。あれはすべて女宮の謀略《ぼうりゃく》が作り出したものだからだ。

事故死の可能性を思いついたとたん、すっと気持ちが軽くなった。

あくまでも可能性だというのに、殺人という不穏な事態に自分がこれほど緊張していたのかと、あらためて思い知らされた。

(でも事故死だとしたら、どんな可能性がある?)

行方《ゆくえ》不明となる直前、江式部は同僚達とうたた寝をしていたという。寝ぼけたまま外に出て、うっかり高欄《こうらん》から落ちてしまい、不幸にして打ちどころが悪かったという可能性はある。しかしそれでは、高辻小路で遺体が見つかった理由が説明できない。

半醒半睡《はんせいはんすい》のまま階《きざはし》を使って裏庭に降り、あげく北門を抜けていってしまうほどひどい寝ぼけ癖《ぐせ》など、子供ならともかく大人ではあまり聞かない。それこそ物《もの》の怪《け》に取りつかれたときぐらいだろう。

押し入り強盗に連れ去られた可能性もあるが、いくら警固が手薄な北口とはいえ、さすがに屋内に入り込んで人ひとりが攫《さら》われたのならすぐに騒ぎになる。まして江式部は一人ではなく同僚達と休んでいたのだから。

（そういえば……）

ふと伊子は思いついた。江式部と最後にいた同僚の女房達から話を聞いていない。目覚めたらいなくなっていたという話を、千草から伝え聞いただけである。もちろん検非違使は聞き取りをしているだろうから、話題にならないということは大した証言はなかったということだろうが。

それはそうだ。同僚の女房達は江式部がいなくなったことに気付かず、千草に起こされるまでは寝入っていたのだから、なにも見ているはずがない。

単純に考えると、江式部は自分の意思で外に出たことになる。押し込み強盗に無理やり連れて行かれたのなら、なんらかの悲鳴は上げる。口を塞《ふさ》がれたとしても、成人女性が抵抗をすれば相応の物音がする。そうなれば同じ局《つぼね》にいた同僚達が気づかぬはずはない。

しかし翌日に大手を振って退出する予定だった江式部が、夜の町をうろつくという危険を冒してまで五条邸を抜け出す理由はない。もしも曹司《ぞうし》から無理やり連れていかれたのだとしたら、同僚の女房達が口を噤《つぐ》んでいることになる。

その考えに辿《たど》りついたとき、ぴりっと神経が張り詰めた。

ならば江式部だけではなく、その女房達も女宮の手の者だったのか？　だとしたら五条の邸《やしき》で若宮の安全は大丈夫なのか。

「誰か……」

人を呼ぼうと腰を浮かしかけたとき、ふっと別の考えが思い浮かぶ。

ふたたび腰を落ちつけ、しばし思案する。人差し指と中指でこめかみを押さえてぐりぐり動かしていると、まるでツボを刺激したようにすっと張りつめていたものが緩んだ。

「あ!?」

自分でも驚くほど、間の抜けた声が漏《も》れた。

伊子はそのまま身を乗り出すようにして、御簾にむかって千草を呼んだ。

清涼殿の南廂《みなみひさし》は『殿上の間《てんじょうのま》』と呼ばれ、陣定《じんのさだめ》（朝議）が行われる場所だった。

本日の議題は、昨日起きた先帝の陵《みささぎ》での小火《ぼや》騒ぎである。

本来であれば火の気のない陵での火事など面妖であるが、春は強風が多いので火の粉が散りやすく、このような事態はしばしば起こりうる。

だが時期がまずかった。

江式部の怪死は、遺体発見現場が高辻小路という公《おおやけ》の通りだったこともあり一気に京の街に広まった。被害者が、西朝に連なる若宮が生まれたばかりの右大臣《うだいじん》家の女房。この怪異が先々帝の怨霊によるものとされるまでは、誰でも想像がついただろう。

その直後に、先帝の陵に火がついた。

これが駄目押しとなった。もはや先々帝の怨霊を疑う者はいなくなった。

「英明と誉《ほま》れ高い先々帝が、そのように浅ましき姿となって民を怖がらせるなどあり得ぬこと。狐狸《こり》の類《たぐい》が御名を騙っておるにちがいない。かような悪霊は一刻も早く祓《はら》ってしまうべきであろう！」

右大臣は唾《つば》を飛ばして訴えるが、参加者達の反応は芳《かんば》しくない。

追儺《ついな》のおりの騒動はあまりにも衝撃的で、人々に強い恐怖を植え付けた。

そこにきての今回の怪死事件である。右大臣がなにを言おうと、もはや関係ない。いま朝臣達が考えているのは怨霊の有無や正体ではなく、どんな形で怨霊を鎮魂《ちんこん》すべきなのかであった。

伊子は隣室となる『鬼の間』の櫛型窓《くしがたまど》から、朝臣達のやりとりを見守っていた。

皆が恐れる追儺の怨霊は、女宮の策略だった。

ここまで事が深刻になってくると、追儺の真相が明らかになったとき……いや、もっと前に御仏名の騒動で女宮の本意があきらかになったときに、次第を明らかにして彼女を抑えこむべきだったのではという後悔も覚える。あのときは女宮の真意を公にすれば、皇統に対する反発がいっそう強まると考えて口をつぐんだ。

しかし結局のところはどうだ。

女宮のかかわりだけを秘めたまま、西朝に対する反発は日々強まるばかりである。

そこまで考えて、伊子は頭をひとつ振った。

いまさら後悔しても仕方がない。父と帝には、近々のうちに女宮の本心を伝えるつもりでいる。それを公にするか否《いな》かは彼らの判断に任せよう。それよりもいまは朝臣達の動向を見極めなければ。

伊子は目を凝《こ》らし、櫛型窓のむこうを覗《のぞ》きこんだ。

いつしか議論は、先々帝の怨霊をいかにして鎮めるかという方法論に移っていた。狐狸の類だと一人言い張っていた右大臣だが多勢に無勢であった。

怨霊を鎮める手段として、一般的に行われるのは祈禱《きとう》か追贈《ついぞう》である。しかし帝に官位は贈れないから後者は該当《がいとう》しない。他には格の高い諡号《しごう》を贈るか、神祠《しんし》を建てて祀《まつ》るなどの手段が取られてきた。

とはいえ先々帝は、これまでの怨霊のように非業の死を遂げたわけではない。むしろその在位中は良く世を治め、良く人を愛し、実に豊かに人生を過ごされた方だったと聞いている。

誰もが認める賢帝が怨霊とされた原因は、これ以上ないほど単純で明確だ。

「あきまへんな」

ひょうひょうと述べたのは、弾正宮《だんじょうのみや》だった。

今上の大伯父《おおおじ》に当たる親王で、複数いる皇親達の中でも最年長に近い。高齢を理由にここ数か月は参内《さんだい》していなかったので、陣定にも久しぶりの参加である。

思いがけない人物の発言に、伊子は多少身構えた。

(だって前の陣定のときも、ろくでもないことを言って火に油を注いでいたもの)

忘れもしない、昨年の水無月《みなづき》に起きた呪詛《じゅそ》騒動。

それ自体は結局勘違いだったのだが、そのときも弾正宮は伊子と桐子への放言を放ち、顕充と右大臣を怒らせていた。加齢による耄碌《もうろく》なのか生来の性格なのか分からぬが、悪意のない迂闊《うかつ》な発言が多い人物なのだ。

(みなぴりぴりしているんだから、変なことは言わないでくださいよ)

祈るような気持ちで弾正宮を見つめる。窓枠《まどわく》に顔を近づけすぎて、痕がついてしまいそうだ。

「兄帝がお怒りの理由は、ご自身が守ったおもうさま…高陽院《かやのいん》の御遺訓を、弟帝に蔑《ないがし》ろにされはったからでしょ。ほんなら御遺訓を尊重するしか、お怒りを鎮める手段はあらしまへんのやおへんか？」

弾正宮はぐるりと公卿《くぎょう》達の顔を見回した。ちなみに弾正宮は高陽院の息子なので、先帝と先々帝とは異母兄弟になる。

緊張感に欠ける物言いは変わらずだが、言い分は正しい。

だが、そこからこの先の言い分を推測すれば——。

伊子の頭の中に、よもやの思いがよぎった。まさかこの場ではっきりと言うつもりなのか？　誰もが腹の中で思っていて、しかし右大臣と、なにより今上に遠慮《えんりょ》して口にできずにいたその提案を。

「ほな、式部卿宮を東宮にするしかあらしまへんでしょ」

言っちゃったよ。

伊子はがっくりと項垂《うなだ》れた。

今日のこの場の張りつめた空気。ここに至るまでの人々の気遣いや牽制《けんせい》。そんな諸々《もろもろ》の事情などまったく我関せずと言わんばかりの軽い物言いだった。この忖度《そんたく》のなさは、もはやや感心の域に達している。

伊子はゆらりと顔を上げて、弾正宮の姿を見た。

仙人のように白くなった髭《ひげ》、経年で色あせた深紫《こきむらさき》の袍《ほう》。好々爺《こうこうや》にはちがいないが、圧倒的に迂闊《うかつ》な彼のいまの言動は、いつも通り考えなしだったのか？　それともいやしくも高陽院の息子として現在の皇統になんらかの反発を抱きつづけていたのだろうか？

色々な思惑があって、皆が言いたくても言えなかった一言をこんなにあっさり言えるのは年齢と立場が成せる業《わざ》なのか？　かねてよりこの親王は、残りの人生の目標は極楽浄土《ごくらくじょうど》に行くことぐらいだと公言はしていたのだが、まさかこんな軽い口調で嵩那の立坊《りつぼう》を提案してくるとは思ってもみなかった。

「弾正宮様の仰《おお》せの通りでしょう」

ここぞとばかりに賛同の声を上げたのは、やはり新大納言《しんだいなごん》だった。

わが娘・朱鷺子を入内《じゅだい》させたばかりの立場として、右大臣家所生の若宮《わかみや》の東宮擁立《ようりつ》はなんとしてでも阻《はば》まねばならぬことだった。

朱鷺子に皇子が産まれるまでの時間稼《かせ》ぎに使うのに、嵩那は最適の人物だった。今上は健《すこ》やかで十七歳と若く、三十歳の嵩那が即位をする可能性ははてしなく低い。しかも万が一の場合に備え、中の姫の玖珠子《くすこ》を嵩那の妃にと目論《もくろ》んでいるのだから新大納言も抜け目がない。

新大納言だけではない。もしも嵩那が東宮になったら、公卿達は先を争うように自分の娘を彼の妃にしようとするだろう。

なんとも複雑な感情と同時に、伊子の中にひとつの懸念《けねん》が思い浮かんだ。

しかしそれを突き詰めて考える前に、陣定のやりとりに注意を奪われる。

「これほど荒ぶられる先々帝の御霊にお鎮まりいただくには、鍾愛《しょうあい》の御子であらせた式部卿宮に東宮となっていただくしか術《すべ》はないでしょう」

わざとらしい苦悩の表情を浮かべる新大納言に、右大臣はなにか言いかけた。しかしそれを別の朝臣の声が遮《さえぎ》った。

「いかにも。そもそもそれが道理であるのです」

「先の東宮の前に式部卿宮様か、あるいはご身分から考えて、亡くなられた兵部卿宮《ひょうぶきょうのみや》様が立坊なさるべきでございました」

兵部卿宮は王女御《おうのにょうご》こと芘子女王の父親で、嵩那の異母兄である。

正論や道理を唱えられれば、西朝派に反撃の要素はない。なにしろ道理を犯したのは先帝、すなわち今上の系譜なのだから。

あんのじょう右大臣は歯嚙《はが》みをするだけで、なにも言い返せないでいる。

「ともかくその旨《むね》を奏上いたしましょう」

「帝は賢明な御方。それが世のためと理をもってお話しすれば、きっとご納得くださるはず」

ここぞとばかり東朝派の朝臣達が、賛同の声をあげる。対して右大臣以外の西朝派はひどく及び腰だ。追儺《ついな》の騒動までは強気を保てても、さすがに人ひとりが亡くなった今回の騒動は堪《こた》えたようだ。

堰《せき》を切ったように次々と出てくる嵩那の擁立案に、ついに右大臣が大声をあげる。

「そうは申しても肝心《かんじん》の宮様は、吉野に逃げてしまわれたではないか！」

詳細も分からぬうちから〝逃げた〟という表現を使うとはずいぶんと乱暴だ。

帝から叱責《しっせき》されたとはいえ、右大臣は江式部の怪死に嵩那がかかわっているとまだ疑っているのだろう。

もっとも右大臣でなくとも、現状で嵩那になんの疑いも持つなというのは厳しい。都を出る前に誰かに一言でもあればまったく違っていただろうに、現状では怪死事件にかかわったゆえの出奔《しゅっぽん》と受け取られてもしかたがない。

「それは先に行かれた女宮様を追われてのこと。お二方は叔母《おば》・甥《おい》の関係。さようなことがあっても不思議ではないでしょう」

腹立たし気に言ったのは左近衛大将《さこのえのたいしょう》だった。友人としてこたびの嵩那の行動には衝撃を受けているだろうが、それと彼を疑うことは別だった。

左近衛大将も、さぞかし苦しいところだろう。

だからこそ昨日の自分の推測が当たってくれればと、伊子は切に願った。

(でも、そんなすぐには無理よね)

千草から話を聞き、実顕に文を認めたのは夕方のことだ。それから一刻《こく》ほどで、すぐに調べるという返信が来たが、なんといっても昨日の今日の話である。

その実顕はこの陣定に出席していないから、今頃捜査を進めているのだろうか？　実際に足を棒にして動き回っているのは長官の彼ではなく、大尉《たいじょう》や少尉《しょうじょう》の判官《じょう》以下の者達なのだが。

右大臣と左近衛大将の言い争いは、まだつづいていた。

「確かに叔母のもとに参じることはなんの不思議もない。ならばなぜ御所には内密で行かれたのか。しかも死の穢《けが》れに触れて出仕すら慎《つつし》む身でありながら、聖地吉野に向かうとは畏《おそ》れ知らずにもほどがありましょう」

そこをつかれると左近衛大将も反撃ができない。

ぐっと黙りこむ相手に、右大臣はようやく優勢を取り戻した。彼はふんっと鼻で笑うと皮肉気に言った。

「しかもよりによって吉野などと、まったく〝壬申の乱《じんしんのらん》〟でも気取られたおつもりか」

これはなかなか衝撃的な一言だった。

壬申の乱は、近江大津宮《おうみおおつのみや》の時代に起きた史上最大と言われる内乱である。天智天皇《てんじ》の後継を巡り、弟の天武天皇《てんむ》と長子の大友皇子《おおとものみこ》が争った。そのさい天武側が挙兵のために逃避行した先が吉野だったのである。

現状の皇統争いを考えれば、否《いや》が応《おう》でも重ねあわせてしまう。つまり右大臣の指摘は嵩那が皇統を奪回するために都を出たと示唆《しさ》しているとも取れるわけだ。

あんのじょう朝臣達はざわつきはじめた。

対して右大臣は、してやったりと言わんばかりの得意げな顔だ。朝臣達の動揺など気にしたふうもない。それどころか自分が口にした言葉の剣呑《けんのん》さにも気付いていないように見える。

「右の大臣。お立場を弁《わきま》えられよ」

低い声で言ったのは、顕充だった。

ここまで無言でいた一の人《いちのひと》の発言に、殿上の間にぴりりと緊張が走った。

「そなたの立場でそのようなことを申せば、たとえ戯言《ざれごと》でも忖度《そんたく》から不穏な動きをする者達が出かねない。或いはその言葉を体良《てい》く利用し、宮様を抱え込んだ南都で強訴《ごうそ》でも起こされたらいかが責任を取るおつもりか?」

宮様を抱え込んだ南都とは、大和《やまと》の興福寺《こうふくじ》を示唆《しさ》しているのだろう。同寺の強訴は、比《ひ》叡山《えいざん》・延暦寺《えんりやくじ》と並んで朝廷《ちょうてい》を翻弄《ほんろう》してきた。

目の上の瘤《こぶ》である顕充からの叱責に、右大臣は顔を真っ赤にした。しかし自分より身分が高い相手に正しいことを言われて反論できるわけがない。そのうえ顕充は内覧の宣旨《せんじ》まで受けた圧倒的な権威者である。温厚な人柄から日頃は下位の者の僭越《せんえつ》も大目にみてやっているが、いざとなれば文武百官を制することができる実力者なのだ。

さすがに右大臣も黙りこんだ。

様々な思いが入り乱れる中、蔵人頭《くろうどのとう》が話題を戻した。

「なんにせよ、式部卿《しきぶのきょうのみや》宮様に御帰京いただかなくては話が始まりませぬな」

「されど先日都を出られたばかりなのに、そうすぐにお戻りになられるであろうか?」

ぼそぼそと皆が言う中、右大臣が腹立たし気に吐き捨てた。

「疚《やま》しいところがあられぬのなら、お戻りになられるはずじゃ」

左近衛大将が嫌な顔をしたが、右大臣のこの言い分自体は間違っていない。

壬申の乱の喩《たと》えは論外としても、この急な吉野行きはどう考えたって怪しまれる。

だからこそ江式部怪死の原因を、一刻も早くあきらかにしたい。

（といっても、そんなすぐに分かるわけがないか……）

しかも必ずしも自分の推測が当たっているとはかぎらない。歯がゆさから伊子は手を揉《も》みしだく。

そのときだった。

殿上の間の、西側の妻戸《つまど》が音をたてて開いた。

そこに立っていたのは実顕だった。

よほど急いできたのか、片手で妻戸を押したまま息を切らしている。両のこめかみから頰《ほお》にかけて広がった緌《おいかけ》は著《いちじる》しく歪み、片方が耳の下あたりまで落ちていた。

「ど、どうなさいましたか？　右衛門督」

朝臣の一人が戸惑いがちに尋ねた。日頃がおっとりと品が良い人物だけに、この乱暴なふるまいには全員が目を円くしている。

しかし実顕は、朝臣達の奇異の眼差《まなざ》しなど気にしなかった。

彼は一歩中に入り、肩を大きく落として呼吸を整えた。上気した頰からは、ひどく興奮した様子も感じられる。

（まさか!?）

伊子は期待をこめて、実顕の言葉を待つ。

いや、まて。いくらなんでもこんなに早く分かるものかと、失望に備えて自らを牽制《けんせい》しつつ――。

「分かりました」

「はい？」

宣言のような実顕の言葉に、朝臣達は意味の分からぬ顔をする。

しかし実顕は彼らの反応にかまわず、さらに声を大きくして言った。

「江式部の死因が分かりました」

事件が起きた夜、五条邸の北門から女が一人で出てくるのを見た。

日頃から高辻小路をねぐらにしている盗賊《とうぞく》崩れの老人から証言を得たのは、彼と縁故がある放免《ほうめん》だった。放免とは検非違使庁の下部《しもべ》である。元囚人や罪を免除された者が採用されており、経歴から裏社会に通じている。

日時等から鑑《かんが》みて、その女が江式部であることは疑いようがなかった。

足腰の悪い老人はそのまま菰《こも》にくるまって寝入ってしまい、運悪く通りがかって遺体を目にしてしまった牛飼《うしか》い童《わらわ》の悲鳴で目を覚ましたのだという。

治安の悪い夜の街を、女が一人で歩くなどまさしく自殺行為である。おそらくだが夜盗に捕まって身包《みぐる》みを剝《は》がれて殺されたのだろう。遺体が小袖《こそで》と袴《はかま》しかつけていなかったのがなによりの証拠である。

陰惨《いんさん》な事件の唯一の救いは、その二つを身に着けていたという状況から、辱《はずかし》めは受けなかったのであろうと推察できることぐらいか。いずれにしろ理不尽に殺されてしまったことに変わりはなく、それぐらいで江式部が慰められるとも思えなかったが。

「すみません。私がきちんと報告をしておけば、ここまで長引かずにすみましたのに」

珍しく神妙に頭を下げる千草に、伊子は「仕方がないわよ」と苦笑した。

「同僚ならともかく他家の女房達が酒臭かったなんて、告げ口をするみたいで普通は見て見ぬふりをしてとうぜんよ」

産養《うぶやしない》の宴《うたげ》の最中。伊子の意向を受けた千草は、江式部の様子を曹司《ぞうし》まで見に行った。しかし江式部はおらず、共にうたた寝をしていた同僚達が、目が覚めたらいなくなっていたと証言したのだった。

そこに嘘はなかった。

しかし女房達は、休憩中に飲酒していたことは黙っていた。

千草は彼女達の吐く息や、曹司に転がっていた土器《かわらけ》で最初から気付いていたのだが、他家のことなので言う必要もなかろうと思って黙っていたのだ。

「江式部が姫様の盃を断った理由を横で聞いていたので、まさか一緒になって飲んでいたとは思わなかったものですから」

「そりゃそうよね」

伊子はうなずいた。

酒に弱く、泥酔《でいすい》することもある。だから仕事中には飲まない。あれだけの断言を聞いた直後であった千草に、江式部の飲酒にまで気付けというほうが無理だった。

しかし女房達が江式部の連れ去りに共犯しているのでは考えたとき、それならば飲酒の可能性のほうが高いのではと思いついたのだ。酒に弱い江式部がなんらかの理由で飲酒をし、前後不覚になったままふらふらと外に出た結果、被害にあった。

その過程を考えついた伊子は、千草の証言により曹司で飲酒が行われていたことを確認した。そこから先の調査は実顕に依頼した。彼は五条邸の女房達を問い詰め、当夜における江式部の飲酒を突き止めたのだ。ちなみに女房達がこの件を黙っていたのは、自分達の飲酒が発覚するのを恐れてのことだった。

いずれにしろ今回の江式部の怪死は、怨霊の所為《せい》ではなく不幸な事故であった。

実頭の証言に、朝臣一同は胸を撫《な》でおろした。

もとより怨霊の仕業《しわざ》だと思っていなかった伊子は、女宮が殺《あや》めたわけでなかったという事実にほっとしていた。彼女が涼やかで知的な表面とは裏腹に、その内面にはすさまじいまでの恩讐《おんしゅう》と妄執《もうしゅう》が渦巻《うずま》いていることは知っている。それでも人を殺めるという一線を越えていなかったという事実だけが、江式部の事故死という不幸な出来事の中での唯一のよりどころだった。

江式部を殺めた犯人は検非違使が捜査中である。ただし夜盗や群盗の類《たぐい》は居住すら不定な者が多いので容易に断定はできないだろうということだった。そちらは検非違使のお手並み拝見とするしかないが、今回の騒動はもうひとつ大きな問題を引きおこした。

嵩那の東宮擁立《ようりつ》が、とうとう具体的に表明されてしまったことだ。

弾正宮の迂闊《うかつ》さは腹立たしいが、遅かれ早かれ噴出する問題ではあっただろう。こうなれば嵩那も帝も、いよいよ東宮問題に向き合わなくてはならなくなった。

そのために嵩那には、一刻も早く帰京してもらわなければならない。

そして伊子も、いよいよ帝に女宮の本心を伝えなくてはならなかった。

本来であれば秘密を共有している嵩那と相談すべきことなのに、彼はとつぜん誰にもなにも言わず吉野に行ってしまった。こんなときに、いったいなぜ？　疑問と苛立《いらだ》ちと不安が心の中でないまぜになるが、伊子は唇を引き結び、自らの内にある迷いや躊躇《ちゅうちょ》を消し去ろうとした。この場にいない人の意見を、あれこれ詮索《せんさく》してもしかたがない。もはや自分が決めるしかないのだと伊子は腹をくくった。


それからほどなくして、顕充が承香殿を訪ねてきた。

少し前に終わった陣定《じんのさだめ》は、嵩那の東宮擁立を奏上すべきという結論で締めくくられたということだった。

それ自体は予想できた。江式部が事故死であっても、追儺《ついな》からつづく亡霊騒動とは別問題である。陵《みささぎ》の火事の件も含め、朝臣達がなんとかしてこの怪異から逃れたいと願うことは自然なことだった。

「なれど、よく右大臣《うだいじん》が納得なさいましたね」

もっともな伊子の疑問に、顕充は手にしていた笏《しゃく》で右の膝頭《ひざがしら》をこつんと叩いた。

「まあ、だいぶ抵抗はしておられたが、このままでは若宮《わかみや》にまで累《るい》が及びかねないと説得されて、しぶしぶと承知なされたよ」

なるほど。その方向からの手があったか。

　確かに人々が思っているような形で先々帝の怨霊が存在しているのなら、いずれその矛《ほこ》先《さき》は西朝を担《にな》う若宮にむかうと考える。しかも今回の江式部の事件は、怪異ではなくとも不吉にはちがいないのだから。

　右大臣もうすうすとは勘付いていただろうが、それを彼の立場で肯定することはできない。わが娘と孫、己の権勢のために虚勢を張り、怨霊などないと否定しつづけていたが、ここにきてついに観念したというわけだ。

　笏を弄《もてあそ》びながらなにごとか思案をつづける顕充に、伊子は口調を改めた。

「お父様、ご報告しておきたいことがございます」

　笏の動きが止まった。伊子は千草も含めて人払いをした。

　追儺の真相は千草にさえ知らせていない、伊子と嵩那の間だけでの密事だった。

　それをはじめて他言する。しかも嵩那の許可を得ないままに。迷いはあるが、ここまできたらもう限界だ。なにも言わずとつぜん出立《しゆつたつ》したうえ、いつ戻ってくるかも分からぬ嵩那を待ってなどいられない。

（まるで意趣返《いしゆがえ》しね）

　自嘲《じちよう》の笑いがこぼれそうになる。極力考えないように努めていたが、やはりそれなりに傷ついていたと見える。嵩那が伊子になにも言わず都を出てしまったことに。

なにを考えて、あるいはどんな事情があってそんな行為に至ったのか。現状ではいくら考えても分からないし、分かったところでこの消沈は変わらない。

だが、けして報復ではない。

二人で抱えるのは、もはや限界だ。女宮の一連の謀《はかりごと》をすべて話した上で、帝に伝えるべきかどうか、顕充に判断をしてもらうべきなのだ。

「実は――」

伊子は声をひそめた。

話を聞き終えた顕充はさすがに驚きを隠さなかったが、かといって頭から疑うような様子もなかった。かけらも考えてはおらずとも、そう言われてみれば釈然とするという反応だった。天竺《てんじく》から取り寄せた麻の話だけは、耳を疑うような顔をしていたが。

「主上《おかみ》には申し上げたほうがよかろう」

顕充の言葉に伊子はうなずいた。すでに遅きに失した感もあるが、帝の協力なくして女宮の野望を阻止することはできない。

「このあとにでも、わしの口から直に申し上げよう」

「式部卿宮《しきぶのきょうのみや》様の立坊《りつぼう》は、いかがなさいますか?」

一連の騒動がすべて女宮の策略だと分かったのなら、怨霊を慰撫《いぶ》するために嵩那を東宮に、という案は意味をなさなくなる。

伊子の問いに、顕充は一拍置いてから答えた。

「それも主上の御心次第ではあるが、宮様に東宮となっていただければ、女宮様の御心をお慰めすることはできるやもしれぬ」

「女宮様をお慰め？」

父親の予想外の言葉に、伊子は眉《まゆ》を寄せた。

「さよう。宮様が立坊してくだされば、東朝復興の可能性が生まれる。主上との年齢差を考えれば宮様のご即位は現実的ではないが、それでも希望は見えてくる」

「そのように生易しい御方ではございませぬ！」

思わず大きな声を上げた伊子に、顕充は目を見開いた。

かまわず伊子は畳《たた》みかける。

「首尾よく宮様が東宮におなりになられたら、女宮様が次に狙うのは禅譲《ぜんじょう》です。東宮位などあくまでも通過点。あの御方が狙うのは、あくまでも東朝の復興。すなわち宮様の即位なのです」

娘の剣幕に顕充はしばし圧倒され、ぽかんとしていた。

父親のその反応に、伊子は感情的になってしまった自分を恥じた。一度にすべてを呑《の》み込んでもらうには、情報が多すぎたかもしれない。

幸いにして顕充は、苦笑を浮かべる余裕を見せた。

「然《さ》もありなん」

あっさりとした反応に、伊子は目を円くする。

「確かにそれほどの執念がなければ、天竺渡りの麻など使おうとは考えぬな」

「……そういうことです」

伊子は同意した。

顕充はふむと唸《うな》り、顎《あご》をさすった。

「さりとてこのままでは、西朝に対する世間の批判をかわせぬ」

諦観《ていかん》気味に告げられた言葉に、伊子は唇を引き結んだ。

嵩那を東宮に据えることは、女宮にかっこうの武器を与えるようなものだ。それこそ虎に翼をつけて放つに等しい。吉野にむかった天武天皇に、近江朝廷《ちょうてい》の者達が零《こぼ》した言葉である。もしも女宮がそこまで計算した上で吉野に行ったなら、ずいぶんと大がかりな挑発だ。

それでも西朝に対する朝臣達の不満を考えれば、危険を承知で嵩那を東宮としたほうが良い。それが今上のためでもある。最初にそれを考えたのは治然律師《ちねんりつし》だった。そしていつしか伊子も同じことを考えるようになっていた。

「虎穴《こけつ》に入《い》らずんば虎子《こじ》を得《え》ず、ということですね」

伊子の言葉に顕充はうなずく。

「口にするのも畏《おそ》れ多い話だが、今上に万が一のことが起きた場合、式部卿宮様が即位なさることはなんの問題もない。むしろあのように優れた方が控えてくださることは臣下として心強い限りだ」

そこで顕充は一度言葉を切り、あらためて語気を強めた。

「なれど主上の意に添わぬ不自然な譲位など、けして容認致さぬ」

伊子は息を吞む。日頃は穏やかな顕充の厳しい態度に、確固たる決意と今上に対する忠義を見た。

嵩那の吉野行と女宮の容赦《ようしゃ》ない挑発。不安に押しつぶされそうだった胸に、期待と安堵《あんど》がみなぎる。父に真相を告げてよかった、心の底からそう思えた。これ以上ないほど心強い味方となってくれるはずだ。

そうだ。女宮が東朝派、すなわち自分の味方を増やすべく画策するのなら、こちらも同じことをやり返すだけだ。

「大君《おおいきみ》」

おもむろに顕充が呼び掛けた。その声音《こわね》は先刻の強気なものに比して、ずいぶんと落ちついたものになっていた。

「はい？」

「式部卿宮様が東宮となられたら、そなたたちの結婚の時期がまた延びるやもしれぬ」

返答には一瞬詰まった。

そうであろうとは覚悟していた。なぜならその可能性には、陣定の最中にすでに気付いていたからだ。

今上の気持ちを慮《おもんぱか》った顕充の依頼を受け、伊子と嵩那は結婚の延期を了承した。

だが今度は、そんな人情的な問題ではなかった。

内覧の権利を有する左大臣《さだいじん》の娘が東宮妃となる。

たとえ二人の仲が以前からのものでも、この結婚が持つ政治的な意味はあまりにも大きい。まして東朝の旗印として祭り上げられる嵩那は、本人にその気がなくとも今上の政敵とみなされる立ち位置となる。

今上に忠誠を誓っている顕充にとって、嵩那の東宮擁立《ようりつ》奏上さえ苦渋《くじゆう》の選択にちがいないのに、そのうえに自分の娘婿として迎えるなどと言えるわけがない。結婚を認めぬわけではないが、少なくとも近々には無理である。

忠と情の間で板挟みとなった、顕充の苦悩は痛いほどに分かる。

そもそも伊子自身が板挟みとなっている。嵩那と添い遂げたい気持ちと同じくらい、尚侍《ないしのかみ》として帝に仕えたいと願っている。この状況で結婚を急ごうとなどと思ってはいなかった。

「心得ております」

思いのほか穏やかな伊子の口調に、顕充の目に一瞬怪訝《けげん》な色が浮かんだ。

だが彼はとやかく詮索することはなく、むしろほっとしたような表情でひとつ息をついただけだった。

顕充が帰ったあと、戻ってきた千草が大殿油《おおとのあぶら》に火を灯した。外はまだほの暗い程度だったが、屋内は明かりが必要な暗さになりつつあった。

忘れ草色の炎が、柔らかな光となって室内を照らし出す。

「お館《やかた》さまになにもお出ししなくてよろしかったのですか?」

いまさらなことを千草は気にしている。お館さまというのは顕充のことである。実顕にかんしてもそうだったが、千草はついつい昔からの呼び方をしてしまうのだ。

「これから主上にご注進に上がるから、お酒も肴《さかな》もいらないと仰《おお》せだったわ」

「そうですか。一応準備をしていたのですが……」

「厨《くりや》に戻すか、食べたい者がいたらその者にあげてかまわないわ」

「肴はともかく酒は、とうぶん警戒して誰も飲みませんよ」

あながち冗談ともつかぬ口調で千草は言う。

ほんの数剋前あきらかになったばかりにもかかわらず、江式部の悲惨《ひさん》な死因は御所の女達の間に瞬く間に知れ渡っていた。

煮え湯を飲まされた相手ではあるが、このように悲惨な末路を迎えたとなっては同情の念を禁じ得ない。伊子はひとつ息をつき、憐《あわ》れみと愚痴《ぐち》を交えたような口調で言った。

「それにしてもあれだけ自分で言っていたのに、どうして江式部は飲酒などしたのかしら?」

「それ、夕磨様を捕まえて訊いたのですが——」

思い出したように千草が言った。どうやら帰り際にでも捕まえたらしい。忙しいであろうに実顕も気の毒なことである。

「女房達が二人で飲んでいたら、江式部が自分から所望《しょもう》したそうですよ」

「え?」

「明日からのことを考えると不安なので、酒でも飲んで気を紛《まぎ》らわせたいというようなことを言ったそうです」

伊子は目を見張った。

「そのせいかけっこう酒量も多くて……右大臣《うだいじん》家を辞めるにしても、そのあとは女宮様のところに戻ることが決まっているのにと、彼女達も不思議に思ったそうです」

千草の証言を聞きながら、伊子はじわじわと冷たい汗がにじんでいるのを感じた。

いったい江式部は、なににそれほど不安を抱いていたのか。飲めない酒で紛らわせなければ気持ちを保てないほどに——。

彼女の怪死は、まちがいなく不幸な事故だった。だが事故であったことこそ、ひょっとして不幸中の幸いだったのではないか。そんな考えが、蛍火《ほたるび》のように脳裡《のうり》に浮かんだ。

第二話

何者も定めの中で工夫するしか術はない

陣定《じんのさだめ》の翌日。

朝臣《ちょうしん》達により嵩那《たかふゆ》の立坊《りつぼう》が奏上され、帝《みかど》はあっさりと裁可を下した。

前日に顕充《あきみつ》から打診を受けていたとはいえ、待ち望んでいたのではないかと思うほどの即断だった。

奉書を携《たずさ》えた蔵人頭《くろうどのとう》が昼御座《ひるのおまし》の前から去ったあと、晴れ晴れと帝は言った。

「これで胸の痞《つか》えが下りた気がするよ」

「――ご英断でございます」

称賛の言葉とは裏腹に、伊子《かのこ》は困惑と不安を抑えきれずにいた。

はたして素直に受け止めてよい発言なのか？　生まれたばかりの若宮《わかみや》に対する父親としての情はもちろん、嵩那、そして東朝《とうちょう》支持の朝臣達に対する屈託を想像すれば、とてもそんな単純な一言では終わらない気もする。

繧繝縁《うんげんべり》の畳《たたみ》と唐錦《からにしき》の茵《しとね》を重ねた御座で、帝は御簾《みす》の先に広がる東庭《とうてい》を眺めている。伊子は傍に控え、帝がなにか語りだすのを待っていた。視界の左手に若葉を繁《しげ》らせた呉竹《くれたけ》の細い枝が映りこむ。

ほどなくして、ぽつりと帝は漏《も》らした。

「これで東山《ひがしやま》の御方が、少しでも納得してくだされば宜《よろ》しいのだが……」

東山の御方とは、女宮《おんなみや》のことである。数十年来の住居からそう呼ばれていた。

女宮の本性は、昨夜のうちに顕充の口から帝に伝えられた。打ち解けた態度の裏で繰り返されつづけた謀略《ぼうりやく》の数々を、はたして帝はどのように受け止めたのだろうか？　御仏《ごぶつ》名《みょう》に屛風《びょうぶ》絵《え》の献上を受けたときには、先帝の横暴を水に流してくれたものと喜んでいただけに、心中を慮《おもんぱか》ると胸が痛い。

「女宮様の件。今日までお伝えせずに申し訳ございませんでした」

深々と頭を下げる伊子に、帝は苦笑した。

「気にせずともよい。あなたも憂慮《ゆうりよ》したうえの結果であろう。それに、もとより式部《しきぶの》卿《きょうの》宮《みや》の立坊は、かねてよりの私の念願だったのだから」

伊子はなんとも複雑な気持ちになる。

確かに御仏名の夜、帝は嵩那に立坊を依頼した。あれがいっときの気の迷いでなかったのなら念願にはちがいない。

陣定も荒れなかった。諸手《もろて》を上げてというわけではないが、朝臣達も全員賛同した。

嵩那の立坊は、本人不在のまま決定した。

こんな重大事を当人の承諾《しょうだく》なしに決めてしまうなど、いくらなんでも強引過ぎる。反発するいっぽう、心のどこかで開き直ったように思う。

（こんな時に、無断で都を出てしまった宮様も悪い）

そもそも嵩那に拒絶する権利はない。なぜなら親王とはそういう存在だからだ。彼らはこの国の帝位に空位を生じさせないための控え、すなわち駒《こま》なのだ。

どうしても帝位に即きたくない場合、最終的には出家《しゅつけ》という手段もある。しかしこれも万全ではない。過去には強引に還俗《げんぞく》させられ東宮《とうぐう》位に就《つ》けられた早良《さわら》親王のような皇子もいる。そのあげく政争に巻きこまれて自死にと追い詰められたのだから、まさしく不遇としかいいようがない。

（縁起でもない）

ふと思い浮かんだ不吉な史実を、伊子はあわてて打ち消す。

帰京した嵩那が、自分の立坊が決まったことを聞かされたときはどう思うだろう。それを考えるとなんとも心苦しい。義務だの権利だの御託を述べたところで、不誠実にはちがいない。しかも伊子自身が嵩那の立坊に賛同しているから、自論がおためごかしだと自覚しているのだった。

嵩那が東宮となれば、彼との結婚は遠のく。

それを薄々感じていたときも、なおかつ父からはっきりと告げられたあとも、嵩那が東宮となるのが最善であるという判断は、驚くほどに動かなかった。

罪悪感に胸がしめつけられる。

嵩那の意思を無視して彼の人生を周りが決めてしまうなんてひどいと、彼を愛しているのならせめて自分だけでも反発すべきなのだろう。ましてそんなことになれば、結婚がますます遠のくというのに、なぜ自分はこうも簡単に諦めてしまえるのか。

とつぜん帝が、漆塗《うるし》りの脇息《きょうそく》をぽんっと叩いた。伊子は物思いから立ち返る。帝は自身に言い聞かせるようにつぶやいた。

「いずれにしろ、こうなったら早急に式部卿宮を呼び戻さねば――」

「お戻りになられるでしょうか？」

素朴《そぼく》な疑問を伊子は口にする。

嵩那が都を出た目的は分からない。けれど誰にも告げず都を出たという事実から、そこに確固たる意志が読み取れる。それを呼び戻したところで、簡単に帰ってくるものであろうか。査問のために帰京、あるいは上京を命じられた地方官が、距離を理由にのらりくらりと躱す話は枚挙《まいきょ》に遑《いとま》がない。

帝はすうっと息を吐いた。

「もしも従わなければ、勅旨《ちょくし》を出すことも考えている」

「……勅旨、ですか」

予想外の強い判断に伊子は臆する。どう受け止めたのか、帝は言い訳でもするように口調をやわらげた。

「あくまでも最終手段だ。ひとまずは誰か親しい者に迎えに行かせ、説得をさせるつもりでいるよ。それにかようなことは考えたくないが、万が一にでも勅旨に背かれるようなことがあれば大変なことになる。それゆえ、まずは穏便に済むように説得に当たりたい」

確かにそんなことになれば、それこそ『壬申《じんしん》の乱』を彷彿《ほうふつ》させてしまう。

死穢《しえ》を理由に蟄居《ちつきょ》しておきながら、なにも言わずに都を出てしまった嵩那の行動が余計な憶測を生んでいる。さすがに勅旨を袖《そで》にするような大それた真似《まね》はしないと思うが、嵩那だって物見遊山《ものみゆさん》で吉野《よしの》に行ったわけではないだろうから、はい、そうですかとは簡単に了承しないかもしれない。

そこで伊子は、ふと疑問に思う。

嵩那が誰にもなにも言わず都を出たことに、伊子も含め人々は不穏を覚えた。しかし彼の出奔《しゅつぽん》が人々の知るところとなったのは、女宮が文で暴露したからだ。

「あの、宮様はまことにご自宅にいらっしゃらないのでしょうか？」

「これは東山の御方も、そうとう疑われたものだな」

意図はすぐ理解されたものとみえ、笑いながら帝は応じた。

つまり「嵩那が吉野に来た」という女宮の報告自体が虚言ではないかという意味だ。これまでの経緯を考えれば、それぐらいの嘘は言ってのけるだろう。それに嵩那が外との交流を完全に断っているのなら、彼が自身にまつわる噂《うわさ》をまったく知らないで邸《やしき》にいるという可能性もありうる。

しかし伊子のこの推測を、帝は完全に否定した。

「だがそれは間違いない。宮の吉野行が伝えられた日、左近衛大将《さこのえのたいしょう》が邸を訪ねて不在を確認したらしい」

「さようでございますか……」

軽く失望した感はあるが、まあそうだろうとは思った。女宮は大胆不敵《だいたんふてき》だが、すぐに露見してしまうような底の浅い策略は練《ね》らない。嵩那の吉野行は本当だろう。そこにはまちがいなく女宮の吉野行が関係している。

いったいなぜ嵩那は女宮を追いかけたのか？　しかも誰にも告げないままで——。

誰にも知らされていなかった嵩那の吉野行は、女宮の報告によって皆の知るところとなった。

（あれ？）

漠然《ばくぜん》と流れていた思考がつと引っかかった。先ほど自分が帝に伝えた疑問を思い出す。

——宮様は、まことにご自宅にいらっしゃらないのでしょうか？

いまも自邸にいるのではという推測は否定されたが、嵩那が御所に流れる自分の噂を知らぬという可能性は変わらずにある。

ならば嵩那は、自分が吉野に向かったことが露見しているなどと思ってもいないのではないのだろうか？　事を大きくしないために蟄居《よそお》を装ったまま都を出て、内密に目的を果たすつもりでいた。だから誰にも連絡を取らなかった。だとしたら女宮が帝に文を出して暴露したなどと、吉野にいる嵩那は知らぬままやもしれない。

つまり自分がいまどんな渦中《かちゅう》にいるのかも、嵩那は知らないでいる。だからこんな状況にもかかわらず、なんの反応も示さないのではないか？

「吉野への遣いには伯父上《おじうえ》、左大将《さだいしょう》を向かわせようと思うのだが、どう思う？」

ほぼ決定事項のように帝が問うた。

勅旨を下すという大事にならずに済むよう、嵩那と親しい者に帰京を説得させる。なるほど、嵩那と左近衛大将の仲を考えれば適任だろう。

だが左近衛大将は、女宮の脅威《きょうい》を知らない。ゆえに適任ではない。

「いえ、私が参ります」

毅然《きぜん》として名乗りを上げた伊子に、帝は耳を疑うような顔をした。

それはそうだ。京外でも清水寺《きよみずでら》や鞍馬《くらま》等の近郊ならともかく、吉野は大和《やまと》の奥深い地にある。

「なにをあなたとも思えぬ戯言《ざれごと》を。吉野など、女人《にょにん》が気軽に参れる場所ではない」

「女宮様は参られました」

間髪《かんはつ》を容《い》れずに伊子は言い返した。

古希《こき》にもなろうという女宮が向かった場所に、半分の年齢である自分がひるんでどうする。まして徒歩であることが重要視される苦行《くぎょう》の旅ではない。必要であれば車でも輿《こし》でも馬でも使い放題だ。

「新益京《あらましのみやこ》（藤原京《ふじわらきょう》）をお造りになられた女帝は、そのご晩年にいたるまで数えきれぬほど吉野に行幸《ぎょうこう》なされたと聞き及んでおります。お二方より若輩《じゃくはい》の私がなんぞ参れぬことがありましょう」

「……新益京と平安京《ここ》では、吉野への距離がちがうだろう」

帝は控えめに突っ込んだが、意気込む伊子には通じていなかった。なんとしても吉野に行かせて欲しいと懇願《こんがん》する伊子を、帝はしばし気圧《けお》されたように眺めていた。

やがて彼の口許《くちもと》がわずかに歪んだ。

「そこまで宮の許《もと》に参られたいか？」

「ええ」

即答だった。

帝の問いからは、皮肉や妬《ねた》み、悲憤《ひふん》等様々なものがあからさまににじみでていた。それを承知したうえで、伊子は毅然とした姿勢を貫いた。

「宮様の傍には女宮様がおられます。左大将ではかの方に太刀打《たちう》ちできませぬ」

予想外のところからの指摘に、帝は目を瞬かせた。伊子が嵩那に会いたいがためだけに吉野行を申し出たと考えていたのなら驚くのは然《しか》りである。

帝はしばし呆然《ぼうぜん》としたあと、やがて頬《ほお》をうっすらと紅潮させた。羞恥《しゅうち》なのか怒りなのかは分からなかったが、ほどなくして彼は平静を取り戻した。紅潮していた頬は元の色に戻り、熱っぽかった瞳は涼やかさが宿った。

やがて帝はひとつ息をつき、肩を落とした。

「あなたであればもう気付いているとは思うが、宮が東宮となられれば、私の個人的な感情を抜きにしても、あなたの辞官を認めるわけにはいかなくなる」

冷静な物言いだった。

伊子への執着や情愛を抜きにして、天子としての立場から出た言葉だと分かった。だから伊子も冷静に応じた。

「もちろん承知しております。同じ理由で主上《おかみ》の許に入内《じゅだい》することも叶わなくなることも」

帝は表情を変えなかった。

左大臣《さだいじん》の娘である伊子の結婚は、夫となった者に大きな権勢を与える。

顕充は帝に忠義を尽くしているが、それは闇雲に主君の意に従う意味ではない。いつの世であろうと、天子の務めは世を平穏に保つこと。そのために東朝をこれ以上刺激するわけにはいかぬし、西朝《せいちょう》を調子づかせるわけにはもっといかぬ。

ゆえに嵩那が東宮となれば、伊子はどちらとも縁付くことはできない。聡明な帝であれば早いうちから気づいていただろう。

それでもこの少年は、天子として世を平穏に保つために嵩那を東宮とすることを選んだのだ。

「……それで、かまわぬのか？」

しぼりだすように告げられた帝の言葉からは、様々な思いがにじみでていた。

驚き、怒り、失望、諦観《ていかん》、嫉妬《しっと》、罪悪感。混淆《こんこう》したあらゆる感情が、すさまじいまでの密度でいまの一言に凝縮されているように感じた。

「かまいませぬ」

はっきりと伊子は告げた。

迷いはなかった。常識も未練も罪悪感も捨てたうえで見えたものは、枝葉を打ち払ったあとに真っすぐと天を衝《つ》く一本杉のような本心だった。

「それでもかまわぬのです。宮様への恋慕と主上への敬慕。私はどちらも捨てることができません。もしもどちらか一方を選んでは、均衡を失って心が折れてしまいます。なればいっそ両方とも手放してしまいたく存じます」

言葉は一度も途切れなかった。

本心を告げることに、いっさいの躊躇《ちゅうちょ》はなかった。

どちらも手に入れようなどとずるい——かつて玖珠子《くすこ》にそう言われた。

その気持ちは分かる。なにかを得るためになにかを諦めるのは、男女に関係なく世の定めのようなものだ。

帝の尚侍《ないしのかみ》。嵩那の妻。他の多くの女が羨望《せんぼう》してやまぬものを独《ひと》り占《じ》めしようなどと、強欲にちがいない。傍《はた》から見れば亡者のように浅ましく見えるかもしれなかった。

だからこそ生半可な気持ちではない。

一方が駄目ならもう一方などと、虫のいいことは言わない。両方とも欲しいという願いが叶わないのであれば、両方を失ってもしかたがない。それぐらいの覚悟がなければ、こんな強欲は貫けない。

伊子は居住まいを正し、玉顔《ぎょくがん》を拝した。

その瞳に確固たる決意を見つけ、帝はわずかに身じろぐ。

「心より尊敬いたしております。なにとぞ、このままお仕えすることをお許しください」

鉦鼓《しょうこ》を思わせるかっちりした声音《こわね》に、帝は物言いたげな眼差《まなざ》しをむける。だがその感情はうまく言葉にできなかったようで、彼は考えを整理するように一度視線を落とした。そうしてしばらく間を置いてから、ふたたび伊子を見る。

「まこと、悩ましきことよ」

ぽつりと帝はつぶやいた。微笑《ほほえ》みを浮かべているように見えるその表情は、角度によっては泣くのを堪《こら》えているようにも見えた。あるいは一度に色々な感情が押し寄せてせめぎあっているのかもしれない。

無言のままでいる伊子に、今度ははっきりとした苦笑を浮かべて帝は告げた。

「行くがよい、吉野まで」

平安京《へいあんきょう》から吉野へは、水路を使うと比較的早く着く。

物詣《ものもうで》の場合、往路は潔斎《けっさい》に加えてあちこちの寺社に奉納をしながら参るので、とんでもなく日数がかかる。しかし復路はすでに寄るところもなく、そのうえ奉納の品物もなくなっていて身軽なので、条件に恵まれれば三日足らずで戻って来られる。

このたびの伊子の旅は物詣ではない。しかも天候と吉日の条件にも恵まれ、都を出て三日目には、目的地である吉野に入っていた。

花曇《はなぐも》りの空の下、屋形船は吉野川を軽快に進んでいた。

「そろそろ船着き場が見えてきますぜ」

「そうなの、思ったよりも早く着いたわ」

甲板で船頭とやりとりをする千草《ちぐさ》の声を、伊子は屋形の中でぐったりしながら聞いていた。長旅で疲れたわけではない。単に船酔いである。牛車《ぎっしゃ》で多少の揺れは慣れているつもりだったが、ちょっと感じがちがっていた。

(どうして千草は平気なのよ?)

生まれてからほぼほぼ行動をともにしていた乳姉妹《ちきょうだい》だから、船に乗る頻度《ひんど》も似たようなものであるはずなのに。恨めしく思っているところにとつぜん物見が開き、枲垂《むした》れがついた市女笠《いちめがさ》をかぶった千草が顔をのぞかせた。

「姫様。いまから接岸するそうです」

「……そう」

市女笠を手にした伊子に、千草が心配そうに言う。

「船はもう停まりますから、ご気分が良くなるまで中で休まれたらいかがですか？」

「ありがとう。だけど少し外の空気を吸ったほうがよさそうだから」

弱々しく伊子は答えた。

船を降りれば吉野宮までいかほどもない。すぐに女宮と対峙《たいじ》しなければならぬというのに、こんな理由でへたれてしまうとはなんたる不覚。

自らを叱咤して笠をかぶり、くしゃくしゃになった袅《からむし》を整える。這《は》うようにして戸口から出ると、こもった屋内とは一転、清涼な風が全身を包んだ。

爽快《そうかい》感からほとんど無意識のうちに、伊子は袅を持ち上げていた。胸の中にたまった澱《よど》んだ空気をすべて吐き出し、新鮮な空気を取り入れる。

明らかになった視界に目を見張る。

乗船時は広々とした平地を流れていた川が、いつのまにか峡谷《きょうこく》を貫いていた。澄んだ翡《ひ》翠《すい》色の川は両岸を山と岩場に囲まれ、時には中洲に歪められて湾曲《わんきょく》している。川幅が狭いので、あたかも山が迫ってくるような迫力がある。仰《あお》ぎ見た空は、山と岩に遮《さえぎ》られて切り取られたように狭く見えた。

「鴨川《かもがわ》とはずいぶんちがうのね」

ぽつりとつぶやいた伊子に千草が言う。

「鴨川も、北山《きたやま》のあたりで見るとこういう景色なのかもしれませんね」

「この吉野川も、西に下ればずいぶんと広い川になります。紀伊《きい》の国に入ってからはそれはもう海みたいに広い川だとか」

調子よく船頭は語るが、さすがに海は誇張であろう。身分から伊子には遠慮《えんりょ》して話しかけてこない船頭だが、千草には気さくに話しかけている。

船着き場が近づくにつれて揺れは収まっていった。清涼な空気も手伝って、接岸したときには伊子はずいぶんと復調していた。

「あちらに見えるのが、吉野宮でございます」

船から降りた伊子達に、船頭は左手で指さした。岸から少し離れて小高くなった場所に、こんもりとした木立とその奥に瓦葺《かわらぶ》きの屋根が見える。

「尚侍《かん》の君様。ただいま車の準備をさせておりますので、もう少々お待ちください」

間近まで来た従者に伊子はそれには及ばないと言った。

「あそこぐらいまでなら、歩いてゆくわ」

「なにを仰《おお》せですか!?」

千草が声をあげた。

「これから戦場に赴《おもむ》くというのに、徒歩などで参上したら相手に軽んじられますよ」

戦場という表現も含めて、千草の言い分は一理はある。

従来から貴族の社会では、徒歩は恥ずべきことという考えがあった。車や輿《こし》を用意できない懐《ふところ》事情だという理屈である。もちろん物詣の場合の徒歩は、苦行《くぎょう》として価値のあるものとされているので話は別だ。

しかし伊子にも、せっかく復調しかけているのに、ここで車に乗って揺られたりしてはまたぶり返すのではという懸念《けねん》があったのだ。それで最終的には先に歩いてゆき、宮の近くで牛車に乗るという案で落ちついた。


木々や草花に囲まれた、ひなびた山道を杖《つえ》をつきながら歩く。牛車が通れるような道ではないが、徒歩であればこちらのほうが近道だということだった。

袴《はかま》を穿《は》かず、裾《すそ》をつぼめた小葵紋《こあいもん》地の袿《うちき》は桜萌黄《さくらもえぎ》。萌黄の表に二藍《ふたあい》を裏にかさねておめり仕立てにしてある。単は若菜色で、胸から肩にかけて懸《か》け帯をぐるりと回す。壺装束《つぼしょうぞく》に枲垂れは、高貴な女人《にょにん》の旅装束である。

ほの暗い木立の間を柔らかな光の帯が落ちてきて、足元を明るく照らし出している。辺りには薄紫のかたくりの花がまるで敷き詰めたように群生していた。所々に二輪草《にりんそう》の白い花や、白い隈《くま》を落として青々となった隈笹が見え隠れしている。

地面から視線を上げてみれば、鈴なりに咲いた白い馬酔木《あせび》の花が、たわわに実った果実のように細い枝をしならせているさまが見える。

「すごいわね。毒と食べ物が一緒になって咲いているわ」

梟を脇に寄せ、伊子は馬酔木の花を眺めた。庭木にも使われる馬酔木だが、その花が猛毒なのは周知である。

風に吹かれた木々や梢《こずえ》がさわさわと揺れる音にまじり、遠くから川のせせらぎが聞こえてくる。都のすえたものとはちがい風が気持ちが良い。久しぶりの山歩きに、目的と現状も忘れて景色に魅入《みい》ってしまう。船酔いはすっかり改善していた。

それから少し足を進めると、従者が言ったように広い空間が見えてきた。周りを木立に囲まれて、少し先に柴垣に囲まれた瓦屋根の邸《やしき》が見える。先ほど川岸から見た離宮でまちがいないだろう。重厚な築地ではなく簡素な柴垣は、離宮というより山荘と称したほうが良さそうな印象だった。

ほどなくして牛車が追いついてきたので、後方から乗り込んだ。目と鼻の先なのだから徒歩で行ったほうが早いとは思うが、ここは千草の提案に従って合理性より威厳を尊重することにする。なんといっても相手は女宮なのだから、これ以上軽んじられるわけにはいかない。

あんのじょう、牛車に揺られていたのはほんのわずかな時間だった。

車寄せから廊《ろう》に上がると、見覚えのある年配の女房が迎えに出てきていた。

「ようこそお越しくださいました。宮様が首を長くしてお待ちですわ」

彼女が言う宮様とは、もちろん女宮のことである。訪問の旨《むね》は先に文で知らせていたので、首を長くしてお待ちだったというわけだ。

忌々《いまいま》しい気持ちのまま廊を進む。

寧楽《なら》の時代の宮殿に手を入れたという建物だったが、構造は寝殿と変わらなかった。屋根が瓦であるので、外から見たときは寺院のような印象を受けた。おそらくだが瓦の保存状態が良くて葺き替えをせずにすんだのだろう。

渡殿《わたどの》を進んでいると、がさがさと草木が揺れる音がして、けーんという高らかな雉《きじ》の鳴き声が響いた。

中に入ると女宮が、格子《こうし》の前にこちらに背を向けて立っていた。

上格子はすべて上がっており、その向こうに深緑の草木とごつごつとした灰色の岩を混在させた山肌が見えた。上から流れてくる細い水流が、木や岩にぶつかって蛇のようにうねりながら落ちていっている。

物音がしたのか、女宮はくるりと振り返った。

青鈍色《あおにび》の小袿《こうちぎ》に滅紫《けしむらさき》と白の五条袈裟《ごじょうのけさ》。きれいに切りそろえた白髪は、上質の練糸《ねりいと》のように艶《つや》がある。

「ようこそ、吉野へ」

悠然《ゆうぜん》と女宮は言ったが、伊子は返事をしなかった。しかし女宮は、そんな伊子の無礼を咎《とが》めるどころか不気味なほど上機嫌に誘いかける。

「こちらにおいでなさいな。吉野の美しい景色を一緒に眺めましょう」

神経を逆なでする物言いに頰《ほお》がぴくりと引きつる。しかしここで感情的になっては目的は果たせない。

「それでは、お言葉に甘えて」

不安げな顔をする千草をその場に留めて、伊子は女宮の傍まで行った。

柱を挟んで二人横並びに格子の前に立つ。間近に近づいて見ると、簀子《すのこ》の先に吉野川の清流が見えた。音を立てて流れる水は、岩場にぶつかっては白濁《はくだく》した飛沫《ひまつ》をあげる。水と草の爽《さわ》やかな匂《にお》いが、風に交じって鼻の奥を抜けてゆく。

「美しいでしょう。吉野というところは」

しみじみと女宮が零《こぼ》した。

「ええ。これならば女帝が何度も行幸《ぎょうこう》をなされたというのも理解できます」

「激動の人生を送られた御方ですから、はじまりの地でもある吉野で交わした誓いを新たにしたいこともあったのでございましょう」

意味深な発言に伊子は片眉《かたまゆ》を上げた。

吉野で交わした誓いとは、俗に言う『吉野の盟約』のことである。壬申《じんしん》の乱後に世を治めた天武《てんむ》天皇とその皇后でありのちに女帝となった持統天皇が、後継を彼らの子である草《くさ》壁皇子《かべのみこ》に定め、他の皇子達には皇位を争わぬように誓わせたのだった。

朝廷《ちょうてい》はつい最近まで、東宮位をめぐって揺れていた。

嵩那を立坊《りつぼう》させることで表向きは落ちついたが、若宮《わかみや》を望んでいた西朝派の間に不満は燻《くすぶ》っているだろうし、なにより嵩那本人にその意向が伝わっていない。

腹立たしさを抑え、可能なかぎり冷ややかさを装《よそお》って伊子は口を開く。

「それはそうと、女宮様にお祝いを申し上げます」

「お祝い？」

「式部卿宮《しきぶのきょうのみや》様の東宮擁立《ようりつ》が内定いたしました」

女宮にそれほど驚いた気配がないところから、ある程度は予想していたものだろう。あるいは既に報告を得ていたのか。伊子の訪問を知らせる文が届いているのだから、時間的にはなんの不思議もない。

「まあ、それは喜ばしい話ですこと」

「私は宮様にその旨《むね》をお伝えするために参じました。こちらをお訪ねしているとうかがっておりますが、お呼びいただけますでしょうか？」

「残念だけど、すぐには無理ね」

さらりと返されて、伊子はむっとした。露骨に表情に出たとみえ、女宮は苦笑交じりに首を横に振った。

「別に意地悪で言っているわけではないのよ。確かに宮は二日ほど前にここを訪ねて参りました。なれど山に桜を見に行くと言ってすぐに出ていきましたの。ここからさほど離れていない吉野山のふもとの宿坊《しゅくぼう》に宿を取ると申しておりましたから、いま頃は中千本《なかせんぼん》辺りを巡っているやもしれませんわ」

そんな呑気《のんき》に物見遊山《ものみゆさん》などしているはずがない。そう声を荒らげて言い返したいのを、なんとか堪えた。それに落ちついて考えてみれば、女宮と同じ屋根の下で過ごしたくないという理由から宿坊を取った可能性はある。都に戻らず吉野に留まっているのだから、嵩那の目的はまだ達成できていないということなのだろう。

（ていうか、そもそもその目的ってなんなの？）

すべての疑問はこのひとつに尽きる。あるいは立坊から逃れるために都を出たのかとも考えたが、ならば二度と戻らぬ覚悟がなければ一時しのぎにしかならない。そうやってひとつの可能性を否定すると、今度はさらに悪い可能性が思い浮かぶ。

では本当に戻らないつもりで、周りにはなにも告げずに都を出たのではないか？　それとも直前に諍《いさか》いを起こした伊子に対する当てつけがあったのではないか？　そんなはずはない。嵩那はそれほど浅はかな人間ではない。理屈では分かっていても、心の片隅にある疑念が不安をあおろうとする。

まったく非建設的なことこの上ない。嵩那は目と鼻の先にいる。ならば悪戯《いたずら》に悪い想像を重ねるよりも、やるべきことは決まっているではないか。

「そうですか。ならばこれからその宿坊まで行ってまいります」

けんもほろろに伊子は言った。長旅で一息つきたいところではあるが、ここで女宮と腹をさぐりあうよりずっとましだ。

伊子の意向を聞いた女宮は、別に止めようともしなかった。ただわざとらしく目を細めて言った。

「そういえば私のほうからも、お祝いを申し上げますわ」

同じ言葉を返されて、揶揄《やゆ》されたような気持ちになる。

なにを戯言《ざれごと》を言っているのか。こっちには祝われるようなめでたいことはなにひとつないのに。

「私には祝われるようなことは、ございませぬが」

「これで念願だった宮との結婚が可能になりましたね」

目の前にいるのが同年代以下の相手だったら、ひっぱたいていたかもしれない。

それぐらいその言葉は伊子の逆鱗《げきりん》に触れた。

怒りで強張《こわば》った表情をうまく取りつくろうことができない。伊子は唇を結び、激情に任せた痛罵《つうば》が噴きでるのを堪えた。

間をおいて、なんとか落ちつきを取り戻してからゆっくりと言葉を告げる。

「結婚などできるわけがないでしょう」

それでも声音《こわね》に、腹立たしさがにじみでるのを抑えきれなかった。

「あら、いったいどうして?」

「あなた様のせいです!」

神経を逆撫《さかな》でする、とぼけた女宮の物言いに伊子は爆発寸前だった。

「西朝の今上より内覧宣旨《ないらんせんじ》を受けた左大臣《さだいじん》という父の立場を考えれば、東朝の東宮のもとに娘を入内《じゅだい》させるなどできるわけがないでしょう」

一気にまくしたてたあと、伊子は肩で息をした。

言葉に嘘偽りはなかった。感情的な言葉を吐いたことへの後悔もない。なのにどういうわけか、言いたいことを言えたという爽快感はどこにもない。

「白々しい」

冷ややかな女宮の声音にぎくりとする。

そんな伊子の動揺《どうよう》を手玉に取るよう、女宮は流ちょうに語りだす。

「尚侍《かん》の君の胆力《たんりょく》と左大臣のお人柄を考えれば、多少の困難があっても乗り越えられない山ではないはず。特に左大臣。あの方は自分の保身のために娘の恋を阻《はば》むような真似《まね》はけしてなさらないでしょう。にもかかわらずかような選択をしたというのなら、そこには尚侍の君の強い意志が働いているはず」

胸を杖《つえ》で突かれたように、息がつまる。まくしたてた言葉の内に潜む本心を、見事に言い当てられた。嵩那との結婚を阻《はば》まれた怒りを覚えながら、辞官をせずに済むという安堵《あんど》をどこかで感じていた。

色を失い呆然《ぼうぜん》とする伊子に、女宮はそれまでの取り澄ました表情をがらりと変えた。

「あなたは宮よりも、帝を選んだのね」

憎悪に満ちた目だった。

この人を完全に敵に回したのだと、否《いや》が応《おう》でも痛感する。

これまでは〝左大臣の娘を嵩那の妻に〟という利用価値から、けして敵視はされていなかった。それどころかなんとか伊子を取り込もうという意思すら感じていた。

だが女宮は伊子の心の中にある執着と未練を、完全に見極めたのだ。

けして——嵩那よりも帝を選んだわけではない。片方を選び、もう一方を捨てることなどできない。そんなことをすれば手放した片方への未練で、なにも手につかなくなってしまう。それぐらいなら両方を手放す覚悟はある。その意気込みを告げることで、帝から嵩那を迎えに行く許可を受けた。

しかし目の前の女宮にそれを言っても、とうてい理解などしてもらえない。

斎王《さいおう》という役割をのぞけば、世からなにも求められず、なにも与えられない。そんな内親王という立場にある女宮の目に、伊子の希望はどれほど強欲に映ることか。しかも内親王がそのような立場に追いやられた遠因をたどれば、伊子のような藤家の女達が后《きさき》の地位を独占したことにあるのだから。

——どちらも手に入れようだなんて、ずるいわ。

玖珠子の非難がよみがえる。

ずるいとは思わない。なぜならそのぶん両方を失う覚悟はしている。

だが、強欲にはちがいない。

伊子は観念した。嵩那よりも帝を選んだわけではないし、他にも色々訴えたいところはあるが、とやかく言ったところで根幹は同じである。嵩那の立場がなんであれ、伊子は今上を失脚させるような企《くわだ》てにはけして手をかさない。

反論もせずにただたたずむ伊子を、女宮はしばし睨《にら》みつける。

だがやがて、豊かな白髪を揺らすようにしてそっぽをむくと、川辺に目をむけたまま言った。

「分かったわ。他をあたることにするわ」


離宮から吉野山のふもとまで、川沿いを西側にむかってしばし進んだ。

近場だと聞いたので船ではなく牛車《ぎっしゃ》を使い、四半剋《しはんこく》程で目的の宿坊に到着した。その寺院の門前からは、中腹辺りを薄紅色に染めた吉野山を仰《あお》ぎ見ることができた。

「はい。式部卿宮様は確かにお出でになられてございます」

応接役の若い僧侶《そうりょ》は、特に隠すこともなく答えた。

几帳《きちょう》の陰で伊子は胸を撫《な》でおろした。女宮が嘘をつく理由もなかったが、さりとて鵜呑《うの》みにするほどお人よしではない。

伊子の意図を察した千草が、前のめり気味に言う。

「なれば、こちらの局《つぼね》にお呼びくださいませ。帝の尚侍《ないしのかみ》が参ったとお伝えすれば、すぐにご理解いただけるものと存じます」

「いや、その……」

千草の迫力に押されたのか、若干《じゃっかん》引き気味に僧侶は答える。

「実は宮様は、今朝から山に登っておられまして……お戻りになられましたら、すぐにお伝えいたします」

「山⁉」

思わず声をあげた伊子に、僧侶はびっくりしたように几帳を見る。いやしくも左大臣の姫君が家人以外に声をきかせるなど、彼の常識にはなかったのかもしれない。

本来高貴な姫君とはそういうものだった。もちろん伊子とて若い時分はそう振る舞っていたが、三十前後からはそんな恥じらいもなくなった。そこに輪をかけたのが尚侍としての宮仕えだったのだ。

僧侶の関心をそらすように、千草がさらに彼に詰め寄る。

「山にとは、なんのために？」

「いや、普通に参詣《さんけい》ではないかと……ついでと申しては罰当たりですが、吉水院《きっすいいん》辺りなどは桜がまさに見頃でございますから」

とうぜん顔で僧侶は語る。おそらくこの僧侶は、嵩那が都を出た経緯を知らないのだろう。まして立坊問題の渦中《かちゅう》にいるなどと想像もしていないにちがいない。

（まさか本当に、物見遊山《ものみゆさん》か観桜《かんおう》に出かけたの？）

人知れず都を出た理由がそれだったのなら、あまりにも衝撃的すぎる。

ではなく別の目的があって、それを成し遂げたから願解《がんほど》きに……いや、もともと吉野の社寺に願掛けをしていたなどと聞いていないから、あるいは目的を果たすための願掛けにむかったのかもしれない。

いずれにしろ吉野に来た目的も含めて、嵩那を捕まえて問いたださなくては埒《らち》があきそうもない。

「では、追いかけます」

伊子の宣言に、今度こそ僧侶は驚きに目を剝《む》いた。

まあ、そうだろう。長旅を終えてようやく一息ついたところで、すぐに山を登ると言っているのだから、高貴な姫君らしからぬ行動力だ。それ以前の指摘どころとして、ここで待っていればそのうち嵩那は戻ってくるのに、なぜわざわざ追いかけようとするのか、彼からすれば理解に苦しむはずだ。

不合理この上ない。そんなことはもちろん伊子も分かっている。

だが、追いかけずにはいられなかった。嵩那と最後に言葉を交わしたのは、ひと月近く前。麗景殿女御《れいけいでんのにょうご》こと藤原朱鷺子《ときこ》が入内《じゅだい》をした、如月《きさらぎ》中旬頃だ。それから言葉どころか顔すら見ていない。

やむにやまれぬ事情があるのか、あるいは偶然か。もしかしたら故意に避けられているのかもしれない。いずれにしろ伊子のほうも、気まずさから積極的に会おうとはしていなかった。

だからこそ、いま猛烈に会いたい気持ちが強くなっている。

じっと待ってなどいられない。嵩那を前にして自分の本当の気持ちを訴えたい。その結果言い争いになって、最終的に嫌われたとしてもそれはしかたがないと思えた。男に好かれるために自分を押し殺すなど、伊子にももはやできないことだった。

ふと微苦笑が漏《も》れる。

(これは私も、藤壺女御《ふじつぼのにょうご》様にだいぶん毒されたと見える)

製錬の炎のように熱く、鍛錬された鋼《はがね》のように強い、あの美しく若い女御は近々にも御所に戻ってくるだろう。しかも今上の御子である若宮《わかみや》を伴《ともな》って——御所内がとんでもない騒動に陥《おちい》るのは目に見えている。

そう。いま御所を退くわけにはいかない。

その気持ちを堂々と嵩那に伝えたい。そのうえで彼がどのような判断をしようと、結果として慟哭《どうこく》することになったとしても——けして後悔はしない。

「分かりました」

拍子抜けするほどあっさりと言ったのは千草だった。

そうとう疲れているであろうに、不満など片鱗《へんりん》も見せない。それどころか「桜、きれいでしょうね」などと朗《ほが》らかに語っている。とはいえさすがに徒歩で山を登ることだけは拒否をした。

「馬で参りましょうか。さすがにいまから徒歩はきついです」

「そうね。休憩もそこそこでちょっと気の毒だけど……」

荷物を運ぶのに、馬を二頭連れてきている。荷馬ということもあり性格は大人しく、小柄なので女人《にょにん》が乗るには適している。背負わせてきた葛籠《つづら》には、旅の最中に使う日用品の他、宿坊に収めるための絁《あしぎぬ》に綿、名香《みょうごう》等が入っていた。もちろんこの宿坊にも絁と名香を渡している。

伊子達のやり取りを聞いていた僧侶が、愛想よく口を挟む。

「でしたらうちの寺男《てらおとこ》に馬を引かせましょうか。そちらの御従者では道に不慣れでしょうから」

突然の訪問にもかかわらずの丁寧《ていねい》なもてなしは、絁と名香が効いたようだ。もちろん帝の使者で左大臣《さだいじん》の姫という立場が一番影響しているのであろうが、理由はなんであれ長旅で疲れている従者達を休ませてやれるのはありがたい話だった。騎馬の経験はあるが、自分で手綱《たづな》を操って騎乗できるほどの手練《てだ》れではない。どうしたって馬丁《ばてい》は必要となる。それで伊子は僧侶の申し入れを受け入れることにしたのだった。

吉野山という名称は、実は便宜《べんぎ》上の呼び方である。

吉野川の畔《ほとり》から山頂の青根ヶ峰《あおねがみね》に至るまでの尾根をそう呼ぶのであって、ひとつの山の名称ではない。青根ヶ峰より南が大峯《おおみね》。北が吉野と呼ばれている地区だった。

馬丁が引く馬に揺られて山道を登る。切袴《きりばかま》を準備していたのは幸いだった。汚れを避けるための女鞍《おんなくら》まではなかったが、長旅では衣が汚れることなど些細《ささい》な問題である。

山裾《やますそ》の桜はほとんどが散っており、赤褐色《せきかっしょく》の若葉も青く変わりつつあった。

一目千本《ひとめせんぼん》と呼ばれるほど無数にある桜の木々の間から突き出るように、桜以外の色々な大木がちらほらとのぞいている。その種類は杉に楓《かえで》、椨《たぶのき》に樟《くすのき》等々多岐《たき》に渡っている。

「わあ、あの木は大きいですね」

千草が指さした先を見ると、そこには巨大な樟が生えていた。

赤みのある若葉を繁《しげ》らせた大木の根元は、大量の枯れ葉で埋もれている。樟の葉はこの時季にいっせいに生え変わる。若葉萌《も》えいずる季節に、そこだけはまるで初冬のような光景だった。

「本当ね。何丈くらいあるのかしら？」

仰《あお》ぎ見る伊子に、気を利《き》かせた馬丁が馬を止める。生え変わったばかりの若葉はこんもりと繁っており、枝葉の隙間《すきま》から差しこむ太陽の光がきらきらと輝いていた。眩《まぶ》しさに軽く目を眇《すが》めたあと、最上に近い位置にある梢《こずえ》に薄紫の花が咲いていることに気付いた。

（なに、あれ？）

樟の花は淡い黄緑色で時季的にはもう少しあとに咲く。目を凝《こ》らして見ると、それは藤の花だった。視線を地面に落とすと、樟から少し離れた場所に大葛《おおかずら》を発見する。ここから伸びた蔓《つる》が樟の幹にからみついていたのだ。

背の高い伊子が両手を伸ばしても届きそうにないほどに樟の幹回《みきまわ》りは太かったが、それでも蔓は大振りならせんを描いてがっちりと巻きついている。地を這《は》う蔓は低木の幹程に無骨に太く、先に伸び上がるにつれて梢のように細くなり、蛇のようにしなやかに姿を変えて樹幹にからみついている。そうして梢の間から薄紫の花を垂らしているのだった。

一見して自然の雄大さを感じさせる光景だったが、このままこの藤が育ってゆけば、樟は幹を締めつけられて生育を阻害される。青々と生い繁る藤の葉も、樟が受けるはずだった陽の光を遮《さえぎ》るのだろう。

美しいが、藤は強欲だ。

他者にからみつき、その者を弱らせながら美しい花を咲かせる。

藤家を称して、皇家にからみつく藤とはよくぞ言ったものだと思う。

少し前に見た、女宮の憎悪に満ちた瞳がよみがえる。彼女からあんな眼差《まなざ》しをむけられたのは初めてだった。敵対する関係ではあったが、女宮は伊子を嵩那の恋人として味方に取りこむつもりでいたから、実は猫撫《ねこな》で声《ごえ》を使われていたことのほうが多かったのだ。

しかし伊子が嵩那よりも帝を選んだとして、彼女は今日を限りに伊子を見限ったのだ。

よもや伊子が恋も仕事も手に入れようなどという強欲を目論《もくろ》んでいるとは、女宮は思ってもいないだろう。

筋をたてて話をしたら、理解はするかもしれない。他の常識人には無理でも、あの女傑《じょけつ》の女宮ならば――。

しかし納得できるかと言えば別だ。

女宮のような内親王達が、彼女が言うところの〝甲斐無《かいな》き者〟となった理由は、文忠公（藤原不比等《ふひと》）にはじまる藤家の外戚《がいせき》政策のためだ。そのためかつては唯一皇后という立場を許された存在であった皇家の女達は入内からも政《まつりごと》からも遠ざけられ、特に内親王は独身を通すことをなかば強制されるようになってしまった。

それなのに藤家の、しかも氏長者《うじのちょうじゃ》の娘である伊子がそんな強欲を主張する。

立場故にありあまるほどの才覚を持て余し、鬱屈《うっくつ》をため込んできた女宮にとって許しがたい傲慢《ごうまん》であるにちがいない。

怒った女宮がどんな形で牙をむいてくるものかと、考えはじめると恐怖で身震いしそうになる。江式部《ごうのしきぶ》の件とて、あの不幸な事故が起きなければ、ひょっとして女宮が手を下していたのではという疑念は消えていない。

もやもやと考えているさなか、草木ががさがさと音をたてて揺れた。

物思いから立ち返ったのと同時に、藪《やぶ》の中からなにかが飛び出してきた。

猿《ましら》だった。山では珍しくもない獣だ。しかし目の前を横切られたからなのか、伊子の乗っていた馬が激しく暴れだした。反射的に首にしがみついたが、そのはずみで膝の内側が馬の腹を蹴《け》る形になった。それでなくとも興奮していた馬は、手綱を握っていた馬丁をふりはらってそのまま走り出した。

「姫様！」

「尚侍様《ないしのかみ》！」

千草と馬丁の叫び声は、あっという間に遠くなってゆく。

声にならぬ悲鳴をあげるが、馬はお構いなしに山道を走りつづける。恐怖と混乱でなにをどうしたら良いのかも分からず、振り落とされないように必死で首にしがみつくしかできない。市女笠《いちめがさ》が外れて顔がむき出しになったが、そんなことをかまう余裕などとうていなかった。

（た、手綱を引いたら良かったっけ？）

混乱の中、かろうじてそんなことを思いつく。自分で馬を操った経験はないが、人の騎乗を見て馬を止めるには手綱を引けばよいというのだけは覚えている。しかし馬丁が握っていた手綱は地面を引きずっていて、伊子が手を伸ばせるような位置にはなかった。

（どうしたら？）

このまま馬が疲れて止まるまで、振り落とされないようにつかまりつづけられるものだろうか？　いっそ思いきって飛び降りたほうが安全ではないか？　いや、さすがにそれは怖い。馬の速度もだが、こんな場所で飛び降りたら木や岩にぶつかりかねない。そんなことになれば大怪我《おおけが》をしてしまう。

ともかく首にしがみつき、あちこちから伸びてきている枝にぶつからないように身を低くする。しかしいつまでもつものか怪しい。

「ちょ、ちょっと！　いい加減に疲れたでしょう。止まりなさいよ」

無茶だと分かっていながらも説得を試みる。とうぜんながら反応はなく、馬の耳に念仏という諺《ことわざ》がよぎった。

「落ちつけ、しっかり馬に掴まって！」

どこからか聞き覚えのある声と、別の蹄《ひづめ》の音が聞こえた。

そろそろと首を回して、目を見張った。馬を並走させていたのは嵩那だった。恐怖も諦《てい》観《かん》も吹っ飛んでただ声をあげる。

「宮様！」

「大君《おおいきみ》!?」

とうぜんながら向こうも驚いている。

「いったいどうしたんですか？」

なにに対して嵩那がその問いをしているのかは分からない。いずれにしろ冷静に説明する余裕などない。それでもなにか言おうとはしたが、はずみで身体《からだ》が大きく揺れてしまい悲鳴をあげて馬首に回した腕に力を入れる。

「しっかり摑まっていてください！」

嵩那の叫びのあと、馬に鞭《むち》をくれる音がした。並走していた嵩那が半馬身前に出た。それを伊子が目にしたのと同時に、彼がなにかの衣のようなものを広げた。

（え!?）

事態を理解する前に、全身をなぶっていた風がぴたりと止んだ。

いや、そうではなく馬が止まったのだ。あれだけ興奮して走りつづけていた馬が、怖気《おじけ》づいたように身を縮こまらせている。

なにが起きたのか、とっさには分からなかった。

見ると馬の顔には練色《ねりいろ》の衣がかかっており、視界を完全に遮《さえぎ》られていた。

いつのまにか下馬していた嵩那が、地面に落ちた手綱をつかんで馬をなだめにかかる。狩衣《かりぎぬ》や直衣《のうし》ではなく、小袖《こそで》に括《くく》り袴《ばかま》に脛巾《はばき》という僧侶《そうりよ》、いやどちらかというと山伏《やまぶし》のような恰好《かっこう》をしている。よもや本当に出家《しゅつけ》したのかと危ぶみかけたが、風折烏帽子《かざおりえぼし》の下には艶《つや》のある黒髪がきちんと生えていた。

「いまのうちに降りてください」

嵩那に促され、伊子は鐙《あぶみ》から足を抜いて急いで下馬した。青草が生い茂った地面に足をつけたときは心底ほっとした。いつのまにか来ていた中年の男が、嵩那の代わりに手綱を受け取る。見覚えのある顔は彼の従者だった。

伊子は背中に回っていた市女笠を、顎紐《あごひも》を解いて外した。この紐が首にかからなかったのは、もしかしたら幸いだったのかもしれない。そのあとくしゃくしゃになっていた枲《からむし》のしわを伸ばす。ここまではほとんど無意識のうちの行動だった。あるいは動揺《どうよう》を静めるためのものだったのかもしれない。

「女人《にょにん》の悲鳴が聞こえたので来てみたら、なにゆえあなたがこんなところにいらっしゃるのですか？」

嵩那は少しを声を荒らげた。こちらの台詞《せりふ》だと思ったが、その前に言わなければならぬことがある。

「助けてくださってありがとうございます。おかげで命拾いをしました」

おびえた様子もない、やけに冷静な伊子の物言いに嵩那はぐっと言葉を詰まらせる。

その隙をつくように、さらに伊子は畳《たた》みかけた。

「私はあなたを迎えに来たのです。なぜこんなところにいらっしゃるのですか？　しかも黙って都を出てしまうだなんて。おかげで立坊《りつぼう》が内定してしまいましたよ」

　火事場泥棒の被害を受けたかのような言いようだったが、主張は伝わっていた。嵩那は思いっきり顔をしかめたあと、軽く舌を鳴らした。思った以上に驚いた様子がないことに拍子抜けしていると、察したように嵩那は言った。

「時間の問題だとは思っていましたよ」

　その言葉はすとんと胸に落ちた。どうやら伊子が思っている以上に、嵩那は覚悟を決めていたようだ。なればこそこの大事な時に蟄居《ちつきょ》をし、あげくに内密に都を出てしまった理由が分からない。

　伊子は非難めいた口調をあらため、今度は愚痴《ぐち》をこぼすように言った。

「死穢《しえ》で籠《こ》もっておられるはずの宮様が、いつのまにか都を出ていたので皆大騒ぎでした」

　その言葉に嵩那はひとつため息をつく。

「やはり露見していましたね。ひそかに帰ってくるつもりだったのですが……」

　あんのじょうだった。嵩那は吉野行を内密にすませるつもりだったのだ。だからこそ誰にも告げずに都を出たのだ。

「露見したのは立坊問題からではなく、女宮様が帝に文を出したせいです」

　嵩那は渋い顔をした。もちろん女宮の文がなかったとしても、立坊問題を考えればどのみち嵩那の不在は明らかになっていただろう。しかしこの文の所為《せい》で、一時的とはいえ江式部殺害の疑念をかけられていた。だいたい立坊の可能性も覚悟していた嵩那が、なぜこの重要な時期に都を出たのか。

「なぜ、とつぜん吉野に参られたのですか？」

単刀直入《たんとうちょくにゅう》な伊子の問いに、嵩那は「それは…」と一旦口ごもってから答えた。

「説明はもう少し待ってください。はっきりした証《あかし》を得なければ、推論など画餅《がべい》でしかないので」

釈然とはしなかったが、そこまで言われたのなら伊子も呑《の》み込むしかなかった。

とりいそぎ嵩那の従者が、下で慌てているであろう千草達に無事である旨《むね》を伝えに下山していった。従者には伊子の馬を使わせた。

「すみませんね。大君《おおいきみ》の馬をかしてもらって」

「よいのです。私の用事ですし、すぐにあの馬に乗るのは少し怖いので……」

気質の荒い馬ではないし、暴れたのには伊子に過失があった。それでも暴走直後に乗馬するのには抵抗がある。

結果として伊子と嵩那は、馬一頭とともに山道に残された。ここから山を下るのがとうぜんなのだが、本当に久しぶりの二人きりだ。如月《きさらぎ》からたがいに溜め込んでいるであろう鬱屈《うっくつ》や不満を晴らさぬわけにはいかぬ。

しかしどう告げたものかと、切り出し方に頭を悩ませる。

言わなくてはいけないことは山ほどある。

立坊が決まった結果、結婚が厳しくなったと顕充に言われたこと。それを伊子が納得していること。ますます辞官を考えられなくなったこと。しかし嵩那に対する想いは少しも消えていないこと。

それらの事柄と思いを伝える、またとない機会である。

すべてを承知してもらうつもりはない。それでは伊子が嫌悪した、女にばかりすべてを妥協《だきょう》させることが当然だと考えている世の男達となにもかわらない。

もちろん嵩那にとて、言いたいことは山のようにあるだろう。

いっそ先に言ってもらえるのなら、そんな思いで伊子は嵩那に目をむける。

嵩那は自分の馬の手綱《たづな》を握り、なにか思うように立ち尽くしている。不意に空いたほうの手で木立の一角を指差した。

「あの先はなかなかの眺望になっています。せっかくここまで登ったのですから、観にいってみましょう」

登ったなどと言われても、ほとんど馬にしがみついていたので周りの景色など見る余裕はなかった。山道は尾根に近い部分らしく、側面になだらかな傾斜を成していた。その高くなった先を嵩那は指しているのだった。

「見た目ほど急な坂ではありませんから」

「そうですか。ならば参りましょう」

伊子は承諾《しようだく》した。断る理由もないし、ここで嵩那の機嫌を損《そこ》ねたくはなかった。

馬が逃げないよう嵩那が木に手綱をくくりつけている間に、伊子は市女笠《いちめがさ》を被《かぶ》りなおした。

「さあ」

当然のように嵩那が手を差し伸べた。衵を通して見るそれは白いが、伊子よりずっと骨ばった大きな手だった。いまさら珍しいものでもないはずなのに、なぜか鼓動が大きくなった。

手を取ると、それだけでじんわりと身体が熱くなる。

これは、理屈ではない……。

そのまま手を引かれて、二人で斜面を登る。

鬱蒼《うつそう》と茂った木々が光を遮《さえぎ》り、辺りは薄暗い。足元は若葉の季節だというのに、朽葉《くちば》が散らばっている。秋からの名残《なごり》か樟《くすのき》の葉なのかは分からぬが、湿気を帯びた腐葉土《ふようど》は柔らかく、踏み込むたびに緒太《おぶと》を履《は》いた足に湿っぽい感触が伝わる。

二人の間に言葉はなかったが、その分様々に複雑な想いが濃密になってゆくのを伊子は感じた。

嵩那が言った通り、大した労苦もなく傾斜を上り切って尾根に出た。

そこに開けた光景に思わず息を呑む。

手を伸ばせば届きそうな場所に、満開の桜の木が幾本も並んでいる。それだけでも十分に目を奪われるが、尾根から谷にかけて山肌を埋め尽くすように咲いた薄紅色の花々はまさしく圧巻の光景だった。

「中千本《なかせんぼん》を見るには、ここが一番美しいと思います」

嵩那が言った。

一目千本《ひとめせんぼん》とは、まさにこれ然《しか》り。

間近で見る山桜の花弁は果てしなく白に近い。白絹一疋にほんの一滴の紅を垂らしたような、一斤染《いっこんぞめ》よりもさらに淡い薄紅だ。それが赤褐色《せきかっしょく》の若葉と同時に咲くことで、遠めに見ると紅味が濃くなったように映る。そんな桜が遠くに近くに、何百何千と咲いているのだった。

桜のあわいと春のかすみの中、はるかかなたには幾重にも山脈が連なっている。山腹には木立に埋もれるようにして建つ寺院が見えた。

「あれが金峰山寺《きんぷせんじ》ですよ」

嵩那が口にしたのは、吉野山を代表する寺院である。修験道《しゅげんどう》の開祖として有名な役行《えんのぎょう》者《じゃ》が創建したとされている。あの寺を見下ろせるというのなら、自分はいったいどのあたりまで登ってしまっているのだろう。

山裾《やますそ》に近い部分の桜はほとんど散ってしまっていたが、ここの辺りはやや散りはじめているもののまだ満開の華やぎを残している。ならばここからさらに登った、雲海が広がるほどの高い場所の桜はまだ蕾《つぼみ》なのだろうか？

そんな高い場所の光景をいくら想像しても、しょせん女人結界で足を踏み入れることは叶わない。ぼんやりとそんなことを考えている最中、隣で嵩那が言った。

「東宮妃になっても、良いのですか？」

桜のあわいも春のかすみも一気に吹き散らす春疾風《はるはやて》のように、その言葉はもやもやしていた伊子の思考を清明にした。なかなか切り出せずにいたところだったので助かったという気持ちと同時に、先に言わせてしまったという罪悪感と申し訳なささも生じた。

なればこそ、今度はけして逃げずにむきあわなければならない。

腹をくった伊子は顔だけではなく身体ごとむきなおり、嵩那を正面から見つめた。

「その件について、きちんとお話がしたかったのです」

嵩那はなにも言わなかったが、彼の瞳には透徹《とうてつ》して落ちついた光が湛《たた》えられていた。

伊子は小さく息を吐いてから言った。

「今上が御位にあるかぎり、私は東宮妃にはなれませぬ」

嵩那に動揺《どうよう》した気配はなかった。だが僅《わず》かに眉《まゆ》を寄せ、しかめたような表情になる。それは怪訝《けげん》な面持《おもも》ちにも見えたし、怒っているようにも見えた。

確かにいまの一言は色々な意味を持つし、様々な解釈ができる。

単純に聞けば、西朝への忠義を理由に嵩那を拒絶したと取れるだろう。顕充の立場を考えれば、そう考えるのは普通だ。しかし嵩那はまだ東宮にはなっていないから、なんとかしてそれを拒《こば》んでくれというふうにも取れる。

もっと大胆《だいたん》に解釈すれば、ならば嵩那が帝となったのなら妃となってもよいのかということにもなる。伊子が今上を支えたいと思ったのは、帝位という重責を誠実に果たそうとするその姿勢ゆえだ。なれば今上が譲位《じょうい》をしてその務めから解放されれば、彼の許《もと》を辞することはやぶさかではないのだ。

さりとて帝に譲位を促すことはけしてない。

なぜなら伊子が尚侍《ないしのかみ》の職務を続けたいと思っているのと同じように、帝は自分の重責に誇りとやりがいを抱き、続けていきたいと願っているのだから。

いっとき置いて、嵩那の唇が動いた。

「ならば、中宮《ちゆうぐう》にもならぬおつもりですか？」

物言いは心持ち皮肉気だった。嵩那は、伊子が帝を選んだのではと疑いかけているのだろう。それはしかたがない。逆の立場であれば伊子だって疑う。自分の意思ばかりを押し通したあげく疑念を持たれるような真似《まね》をしておいて、愛しているのなら信じられるはずだなどという痴《し》れ言《ごと》をほざくつもりはない。

だからこそ伊子は断言する。

「とうぜんです」

忠義のために嵩那の妃になることはできない。その一方で今上の妃にもならない。

なぜなら――。

「私が恋《こ》うているのは、宮様だけでございますから」

そのときの嵩那の表情を、なんと表現してよいのか伊子は分からなかった。

驚いたように見えるし、戸惑っているようにも見える。ごく僅かだが照れているような気配もある。ただなによりも——ほっとしているような気がした。心底ではなく、一息つけたという程度ではあるけれど。

「そうですか」

静かに嵩那は言った。

相変わらず感情が分からない。押し隠しているのか、複雑すぎて読み取れないのか。

なんとかしてその思いを探ろうと表情をうかがっていると、ふいに嵩那が伊子の手をつかんで言った。

「もう少し上まで、つきあっていただけませんか？」


中千本《なかせんぼん》を進むにつれ、次第に桜は目立たなくなってゆく。木の数は多くとも開花していないなら目につかない。注意して見ると三、四分咲きの木が、けっこうな数で立ち並んでいるのだが。

吉野山は、西に行けば高野山《こうやさん》。南に行けば熊野三山《くまのさんざん》に通じる。共に大和と紀伊《きい》をつなぐ巡礼道だ。

伊子達が進んでいる尾根道は、山頂の青根山に通じている。その先は幾つもの山を越えて熊野にと至る、大峯奥駈道《おおみねおくがけみち》と呼ばれる険しい修験路だった。

もちろんそれはずいぶんと登った先の話で、いま伊子達が進んでいる所からはかなり距離がある。道は隘路《あいろ》ではなかったが、途中から嵩那は伊子だけを馬に乗せた。下りならともかく登り道で大人が二人乗っては馬も持つまいというのが言い分だった。そのうえで先ほどの騒動を鑑《かんが》みて、簡単な馬の扱いには慣れておくべきだと主張した。衣をかぶせて視界を遮断《しゃだん》することで止まったから良かったものの、あれでかえって興奮してしまうこともあるから、実は賭《か》けでもあったのだと言われたときは肝《きも》が冷えた。

それで伊子は手綱《たづな》を操りながら、恐る恐る馬を進めた。用心のために嵩那が手綱の一角を握ってはいたが、馬は大人しく堅実で、彼の手を煩《わずら》わせることはなかった。

安定した乗り心地に恐怖心も薄れてゆき、伊子は馬を一人で闊歩《かっぽ》させることができるようになっていた。歩く、止まるは言うまでもなく、左右の方向転換もコツはつかんだ。

「筋がいい。もう一人で乗れそうですよ」

馬首の傍で付き添う嵩那は、さも感心したように言う。実際に伊子もかなり自信がついていたが、少し前に馬を暴走させた身としては「まだまだです」と謙遜《けんそん》するしかない。

（それに大抵の殿方《とのがた》はこれを疾走させて操れるのだから、修練よね）

危なげない伊子の騎行《きこう》に、嵩那は遅れることなく足を動かしている。修験者のようなこの出で立《い》ち《た》も、あるいは最初から山歩きを想定してのものではなかったのだろうか。そんなことを考えながら馬を進める。

「余裕と自信を持って乗るのはよいことです。馬はかしこい生き物ですから、騎手の不安をすぐに感じ取ります。そうしたら馬のほうもおびえて、先ほどのような危ないことになりかねません。ただしあくまでも注意をはらうことを怠《おこた》らないで」

やけに入念な嵩那の説明に、伊子は気合を入れなおした。

それからしばらく道を進み、道中でここまでの経緯を嵩那に話した。なぜ立坊《りつぼう》が決まったのか。御所ではどんな話し合いがなされたのか。そして伊子がどんな理由でここまで来て、その前に女宮に会ってきたことも余すことなく話した。唯一女宮に〝あなたは宮よりも、帝を選んだのね〟と言われたことをのぞいては。

理由はひとつ——事実ではないからだ。

嵩那は右大臣《うだいじん》家の女房・江式部が亡くなったことまでは知っていたが、それ以降のことは都を出てしまったのでなにも知らないと言った。それで伊子は検非違使庁《けびいしちょう》が出した結論を話した。

「その女房が亡くなったのは、結局は不幸な事故だったのです」

「事故？」

怪訝《けげん》な顔で聞き返した嵩那に、伊子はこくりとうなずいた。嵩那は釈然としない表情でなにやら思案していたが、やがて独りごちるように言った。

「実は、私はその女房とは顔見知りでした」

「女宮様と縁故の者だからですか？」

「……やはり、ご存じでしたね」

天晴《あっぱれ》とでもいうように嵩那は目を細めた。

伊子は嵩那に、江式部が関与した藤壺の桐子《ひさこ》に対する女宮の嫌がらせの件を話した。話を聞き終えた嵩那は、その表情に露骨に嫌悪の色をにじませていた。

伊子は江式部の死亡について、自分が女宮の関与を疑ったことを言うべきなのかどうか迷った。そして真相が分かったいまでも、女宮に対する脅威が消えていないことを言うべきなのかどうかも分からなかった。はたして女宮はそこまでする人なのか。呪詛《じゅそ》などの曖昧《あいまい》な手段ではなく、確実な手段で人を殺《あや》めることができる人なのか。

結局は口にできないまま、さらに半刻《はんこく》ばかり歩いた。

いつしか二人の話題はあたりさわりのない内容になり、この先につづく大峯奥駈道にと変わっていた。

吉野と熊野をつなぐこの修験道は、一般的に熊野から入ることを『順峰《じゅんぷ》』と呼び、吉野からの峰入《みねいり》は『逆峰《ぎやくぶ》』と言う。そう説明をしたあと、思い出したように嵩那は言った。

「そういえば熊野の桜は薄紅色で、花が先に咲いてから若葉が出るそうですよ」

一般的な桜は、赤褐色《せきかつしよく》の若葉の芽吹《めぶ》きと同時に白い花を開く。紫宸殿《ししんでん》の桜も、ここ吉野の桜もそうである。しかし熊野の桜は違うというのだった。

「それではまるで紅梅か桃のようですね」

「まことですね。私も見たことはありませぬが、かねてより熊野は隠国《こもりく》と呼ばれておりますから、京とも吉野とも風土がちがうのかもしれません。一度見てみたいものですね」

中千本《なかせんぼん》はいまが盛りだが、吉野でも平野部の桜はほとんどが散っている。はたして熊野の桜はどうなのだろう。温暖な土地で桜の開花は早そうだが、種類がちがうのなら時期もずれるかもしれない。

それからさらに進み、けっこう上まで登った。伊子は騎馬だからよいが、嵩那はそうとう疲れているのではないだろうか。山頂に近づきつつあるからなのか、木々のむこうに見える空がずいぶんと低く見えるようになっていた。

「ああ、ここまでだ」

どうということもないように嵩那は言った。

確かに。さすがにもう潮時だろう。到着が早朝だったので日はまだ残っていたが、下りの時間を考えればいくらなんでも引き返したほうが良い。都育ちの伊子だって、夜の山が危険であることは承知している。

「そうですね。これ以上登っては、帰りが遅くなってしまいます」

「いずれにしろ、大君《おおいきみ》は進めませんよ」

一滴だけ零《こぼ》れた雫《しずく》程度の、ごく僅《わず》かにだけ冷ややかなものを含んだ嵩那の物言いに伊子は訝《いぶか》し気な顔をする。

嵩那は前方の一角をじっと見つめていた。

彼の視線を追いかけ、その先にある物を見て伊子は目を見張る。

鬱蒼《うっそう》と茂った藪《やぶ》に囲まれて、女人結界と記された札が立っていた。

騎馬だから気付かなかったが、そんな上まで登ってきたのかと驚いた。逆に言えば女の脚でもまだ余裕がある程度の場所だから、これ以上奥に立ち入らせないよう、敢《あ》えてここで結界を張ったということも考えうる。

ならばここまで来たことは驚きではない。

それよりも、先刻の嵩那の冷ややかな物言いのほうが気になる。

伊子は努めて平静を装《よそお》った口調で言う。

「まあ、なんとも遠くまで来てしまいましたこと」

「大丈夫ですよ。馬ならば暗くならないうちに戻れます」

「ですが二人乗りは――」

そこで伊子は言葉を途切れさせた。手綱を持つ嵩那は、遠くを見るような目で立ち尽くしていた。

とくん、とくんと鼓動が脈打つ。

緩やかに、嵩那の口許《くちもと》がほころんだ。

「薄紅の桜が観たくなりました」

「!?」

「もう一人でも帰れるでしょう」

絶句する。最初からそのつもりで、彼は馬の操り方を教えていたのだろうか。

嵩那は無言のまま結界の先を見つめている。口許《くちもと》には、ほとんど無表情に近い微笑を携《たずさ》えていた。

古びた注連縄《しめなわ》が申し訳程度に張られた先の景色は、草花や木々に囲まれて辺りに比べて特に変わった様子はない。にもかかわらず、そこは女である伊子がけして足を踏み入れてはならぬ場所だった。もしも嵩那が注連縄を越えてしまえば、伊子は彼を追いかけることができない。

伊子は手綱を握りしめた。じっとりと手に汗がにじんでいる。

嵩那は都に帰らないつもりなのだろうか。このまま山に分け入って、奥駈《おくが》けの道へと進んでしまうつもりなのか。

そりゃあ、そうだ。

都に戻ったところで、嵩那に良いことはひとつもない。望んでもいない東宮となるのは義務として我慢できても、伊子は自分を愛していると言いながらも結婚を拒《こば》み、よりによって帝への奉職をつづけるというのだから、嵩那からすれば生殺しのようなものだ。

伊子の中ではっきりと固まっている気持ちは、世の常識からあまりにも外れすぎてとうてい理解をしてもらえない。嵩那が納得できなくてもとうぜんなのだ。

裏切られたのかと疑念を抱き、それでも理解しようと試みた。けれどやはり納得はできなくて、このまま都に戻って己の夢と矜持《きょうじ》を悉《ことごと》く奪われるだけなのならば、彼が逃げてしまいたいと考えてとうぜんなのだ。

「お戻りなさい。まだ道が明るいうちに」

そう告げた嵩那の声音《こわね》は、涙が出るほどに優しかった。

自分はいったいなにをしているのだ。嵩那を失いたくないのなら、行かないでと叫べばいい。恋のために他のすべてを擲《なげう》つ覚悟があるのなら——。

言葉は出なかった。どうしても出せない。喉《のど》の奥が蓋《ふた》をされたようになっている。

ひょいと足を上げて注連縄を跨《また》いだ嵩那を見ても、言葉にもならぬうめくような声が出ただけだった。

たるんだ注連縄のむこうに立ち、嵩那は馬上で身を震わせる伊子に諭《さと》すように告げる。

「そのようにおびえていては、馬にも伝わってしまいますよ」

乗馬をするときは、不安な気持ちを馬に気取られてはならないと先ほど聞いた。

ほとんど反射的に身を固くし、伊子は自然と出てくる震えを抑えつけた。

嵩那はくすりと笑った。

「まったく悪尚侍《あくないしのかみ》らしくもない。それでは女房達が戸惑いますよ」

長槍を目の前に突き立てられたように、全身に緊張が走った。

平素、嵩那は伊子を尚侍とは呼ばない。

にもかかわらず〝悪尚侍〟と楽し気に語りかけた。伊子が悪尚侍と呼ばれていると楽し気に、そしてどこか誇らしげにさえ教えてくれたのは嵩那だった。嵩那の中で、大君と尚侍の君は分け隔《へだ》てられていない。

そのせつな、伊子の中に熱い感情が奔流のようにほとばしった。

「お行きなさい！」

辺りの木々を震わせるような、凛《りん》とした声を伊子は響かせた。

先ほどまでは泣きそうな顔をしていたくせに、打って変わった勇ましい反応に嵩那はあ然として馬上の伊子を見上げている。

「それであなたの気が晴れるのなら、私を置いて山駈けでもなんでもご自由になさってください。どうぞ私のことは心配なさらないで。大峯が女を入れないというのなら、いまから山を下りて、熊野であなたをお待ちしております」

大峯山は女人禁制。彼のあとをついて熊野まで行くことはできない。ならば別の行路を使って、奥駈けの目的地である熊野に先回りをする。紀路にしろ伊勢路《いせじ》にしろ、とんでもない遠路にはちがいない。

けれど――。

この人を逃がさない。失わない。手放さない。そのためにはどんな辛苦《しんく》も厭《いと》わない。すべてを失ってもしかたがないなどと自己陶酔《とうすい》の覚悟を固める前に、失わないためになんでもするというがむしゃらな覚悟をするべきだったのだ。

大君と尚侍《かん》の君は、彼の中で分け隔てられていない。

嵩那の自分に対する想いを肌で感じた瞬間、ほとばしるようにその感情が生じた。

「では、後ほど熊野でお会いしましょう」

伊子には途方もない関門に感じられる注連縄も、男の嵩那にはただのたるんだ古縄にすぎない。
馬首を返そうとした伊子を呼び止めると、嵩那は易々と結界を越えて戻ってきた。女の
「ち、ちょっと待ってください！」

速足でやってきた嵩那は、がっちりと手綱《たづな》をつかんで上向いた。

「無茶苦茶《むちゃくちゃ》を言っていますよ。全部無理でしょう。あなたが山を下るのはともかく、私がいまから奥駈けするのも、あなたが大峯を迂回《うかい》して熊野にむかうのも、けっこうな自裁《じさい》案件ですよ」

「宮様がおおせになったのではありませんか。薄紅の桜が見たいと……」

「そんなの方便に決まっているでしょう」

「はぁ!?」

眉《まゆ》をひそめて思いっきり不機嫌な顔をした伊子に、ひるむことなく嵩那は返した。

「独りで考えを整理したかったからです。目的を成し遂げたら必ず帰ると約束したではありませぬか。だいたい大峯奥駈けなんて山伏《やまぶし》でも危険なのに、私が一人で入るわけがないでしょう」

知るか、そんなこと。

身も蓋もない、かつ乱暴な言葉が口から出かけたが辛《かろ》うじて堪えた。

それから気まずい空気のまま来た道を引き返した。たがいに言い合わせたわけではなかったが、日が暮れる前に山を下りねばという世間知だけは働いていた。ともに都育ちのまあまあ苦労知らずだが、無駄に年はとっていない。

「……まこと、信じられない」

手綱を握ったままぶつぶつと嵩那が呟《つぶや》きつづけているので、いい加減うざったくなって伊子は言った。

「吉野まで追いかけてきたのだから、熊野だって同じようなものですよ」

へらず口に嵩那はぴたりと立ち止まり反論する。

「ぜんぜんちがうでしょう。紀伊の汀線《みぎわせん》がどれだけ長大か確認してごらんなさい」

「それでも宮様がいらっしゃるのなら、私は追いかけてまいります」

挑むように返した伊子に、嵩那は感動よりも耳を疑うような顔をした。中千本で〝あなたを恋《こ》うている〟と言ったときも似たような反応だった。けっこう決定的な告白をしたというのに、なんなのだ、この張り合いのない反応は。うっすらと腹は立つが、これまで自分が彼にしてきた仕打ちを考えればしかたがない。

嵩那はひとつ咳払《せきばら》いをした。

「馬を走らせることもできないのに、なにを言っているんですか」

「都に戻ったら練習をします。弟は乗馬が得意ですから、教えてもらいます」

「別当《べっとう》殿は、そんな暇ではありませんよ！」

さすがの嵩那も口調を強めた。別に伊子も本気で実顕《さねあきら》に頼もうとは思っていない。ただの言葉の綾《あや》である。伊子は親友の斎院《さいいん》ほど、弟（嵩那）に対して傍若無人《ぼうじゃくぶじん》な姉ではない。

「ならば東豎司《あずまわらは》（行幸《ぎょうこう》のさい騎馬で供奉《ぐぶ》する女官）に頼みます。なんだったら斎院御所には騎女《むねのりおんな》もおりますから。とにかく絶対に稽古《けいこ》はします」

そうしていつだって、嵩那を追いかけられるように備えるのだ。

ああ言えばこう言うといった調子の伊子に、ついに嵩那は精根尽き果てたように肩を落とした。

「止めても無駄ですからね」

その意図はなかったのだが、まるでとどめを刺すように伊子は言った。今度こそ本当に閉口したのか、嵩那はがっくりと項垂《うなだ》れた。あんまりにも深く顔を伏せているので表情が分からない。ひょっとしたら、こんなに気の強い女だったのかと引かれているのかもしれない。

伊子は腹をくくって、嵩那の次の言葉を待つ。少しして嵩那は、少々わざとらしい盛大なため息を落とした。

「好きなようになさい」

捨て鉢《ばち》とも思える言葉を吐くと、嵩那はひょいと顔をあげた。

その表情は、思いのほか晴れ晴れとしていた。どういうことかと戸惑う伊子に、嵩那は小気味好さげな笑みを浮かべる。

「為すべきことを、やりたいようになさりなさい」

なんの執着も未練もない、まるで旅立つ子を送りだすような……いや、寂しさや不安気な気配は微塵《みじん》もないから、それも少しちがう気がする。

とうぜんながら伊子はひるむ。

「よ、よいのですか？」

「いいですよ」

あっさりと嵩那は言った。

目をぱちくりさせる伊子に、嵩那は得意げに言った。

「どうあっても、あなたが私から離れそうもないということが分かりましたから」

その言葉で、霧が晴れるように嵩那の心が読めた。

嵩那は、伊子が宮仕えを辞めぬことに不満を抱いていたわけではない。まして宮中の不穏にさらに拍車をかけかねない結婚を強行したかったわけでもない。

伊子が恋うているのは本当に自分なのかという、その証《あかし》が欲しかっただけなのだ。中千本でそのことは告げたけれど、あまりにもとつぜんで受け入れることに戸惑ってしまい、考えを整理するために時間を要した。ここまで登ってきたのは、そのためでもあったのだろうか？

確認するように嵩那を見ると、彼は両腕を伊子のほうに伸ばした。

誇らしげな表情に、伊子は手綱と鐙《あぶみ》を離して彼の胸に飛びこんでいた。顔を埋めると、黒方《くろほう》ではなく若葉の匂《にお》いがした。

「離れません」

そう告げると、背に回された嵩那の腕に力がこもった。

ここまでの経緯を伊子はひどく後悔した。世の常識にとらわれて忖度《そんたく》をするあまり、一番単純で大切なことを伝え忘れていた。もやもや思い悩む前にそのことを伝えていたのなら、嵩那であればひょっとして――。

「離れないって、まるで飯炊《めした》き釜《がま》の焦げか錆《さび》のようですね」

笑い声を交えての言葉に、そこは比翼連理《ひよくれんり》だろう！　と伊子は内心で突っ込んだ。

どうやら本人は、気が利《き》いたことを言っているつもりのようだ。色々あって失念していた。嵩那の豊かなれど、世間の常識からは著《いちじる》しくずれている感性を。

「いろいろと、すみません」

消え入るような声で言うと、抱きしめられていた身体《からだ》が少し解放される。嵩那は軽く身体を押しやるようにして距離を取ると、伊子の顔をのぞきこんだ。

相手の息遣いを感じるほどの至近距離で目をあわせる。しばしのその時間で、心の中にあったしこりや澱《おり》が泡沫《うたかた》のように消え去ってゆく。自然と目をつむった伊子に、嵩那はそっと唇を重ねた。


山を下る途中、心配して戻ってきた嵩那の従者と再会した。三人で宿坊《しゆくぼう》に戻ると、ほっとした顔の千草と住職、そして恐縮顔の馬丁《ばてい》が出迎えてくれた。

寺の厚意で湯殿を使わせてもらい、装束《しようぞく》を改めて落ちついた頃に嵩那が訪ねてきた。大きな寺院なので宿坊も広く、それぞれの局《つぼね》は離れていた。

「おやおや、高貴な御方がそのように端近《はしぢか》に出られて」

からかうような嵩那の言葉通り、伊子は簀子《すのこ》に座って外の景色を眺めていた。

吉野の山間《やまあい》にある寺院は、御所とちがって人目を気にすることもない。嵩那は狩衣《かりぎぬ》の前を留めずに、袿《うちき》のように羽織《はお》るという砕けた装《よそお》いだった。黄蘗《きはだ》色の単に深藍《ふかあい》色の指貫《さしぬき》という組み合わせは、深藍がもともと藍に黄蘗を染め重ねた色だからか非常にしっくりとしている。

伊子のほうも唐衣裳《からぎぬも》や小袿などではなく、重ね袿という完全な褻《け》の装いである。

嵩那は伊子の横に並ぶように腰を下ろした。篝火《かがりび》の数は少なく、庭を照らす範囲はしごく狭い。光が届かない場所は洞穴《ほらあな》のようにどこまでも暗かった。薪《たきぎ》の爆《は》ぜる音を少し遠くに聞きながら、ぽつりと嵩那は問う。

「お寒くはありませんか？」

「いえ、あんがい。吉野はもっと冷えると思っておりました」

「今宵《こよい》は少し生暖かいですね。明日は雨やもしれません」

そう言って嵩那は、夜空に目をむけた。前方は山の影が濃くそびえており、軒端《のきば》と挟まれて切り取った程度にしか見えない空に星はなく、筆で刷《は》いたような形の鈍色《にびいろ》の雲が淡く浮き上がっている。

「それではせっかくの桜が散ってしまうかもしれませんね」

昼間に見た中千本の見事な光景を思い出す。仕方がないことだが、あれが散ってしまうのはなんとも惜しいことだ。

「春雨は、いたくな降りそ桜花……とはよくぞ歌ったものですわね」

『万葉集《まんようしゅう》』の歌を伊子は口ずさんだ。詠《よ》み人知らずのこの歌は『いまだ見なくに、散らまく惜しも』と締められる。春雨で散る桜を惜しんで詠んだ歌である。

「まこと、今宵にはぴったりの歌ですね」

そう答えてから嵩那はふと目を留めた。

「散らぬ桜もありましたね」

得意げな口調に一瞬なんのことかと首を傾《かし》げたが、彼の視線を追って合点《がてん》がいった。

伊子が着ている袿は、小桜の地紋を織り出した桜のかさね。灯籠《とうろう》のほの暗い光が、白の表地に桜の陰影を浮かび上がらせていた。衣を準備したのは千草だったので、あまり意識していなかったが、これはどうしてなかなかの趣向である。感心して袖《そで》のあたりを眺める伊子に嵩那が言った。

「大君《おおいきみ》の桜嫌いは、この一年で解消されたようですね」

気恥ずかしさから伊子は顔をしかめた。

一度別れた嵩那と、十年ぶりの再会を果たしたのは昨年の今頃だった。わけあってその時の伊子は「桜は好まぬ」と広言《こうげん》を吐いてしまっていたのだ。いまでもどちらがお好みかと問われれば梅花のほうだが、桜が嫌いということはもはやない。

「あれから一年しか経っていないのですね。もう五年くらい過ぎた気がします」

「それだけ濃密な一年だったのでしょう」

嵩那の指摘に伊子は声をあげて笑った。恋人のそんな様子を愛《いと》し気に見つめていた嵩那だったが、おもむろに肩を引き寄せるとそっと囁《ささや》く。

「花盗人《はなぬすびと》になってしまいたいですよ」

さすがに伊子の顔が赤らむ。桜の袿を奪いたいと言われれば、なんぼ三十路《みそじ》過ぎでも気恥ずかしい。

「えっと……」

「酒肴《しゅこう》を持ってまいりました」

やけに活気のある声をあげて、千草が御簾《みす》のむこうから顔を出した。

嵩那の身体がびくんと震えたのが分かった。次いでそろそろと手が離れる。

うん、わざとだな。千草の判断は正しい。なにしろここは宿坊《しゅくぼう》である。忘れていたわけではないが、その場の勢いについ呑《の》まれかけてしまった。ちらりと見ると、嵩那もだいぶん気まずい顔をしている。

千草はどうということもないふうに提子《ひさげ》と土器《かわらけ》、それと小皿が載った折敷《おしき》を二人の前に置いた。提子には酒が、皿には練色《ねりいろ》の方形の食物が盛られていた。

「このお寺で作った胡麻豆腐《ごまどうふ》です。吉野葛《よしのくず》を使っているそうですよ」

「それは楽しみだわ。吉野の葛は有名だものね」

胡麻豆腐はよく擂《す》りおろした胡麻に、葛粉を加えて固めた食品である。給仕を終えると千草はすぐに引き下がっていった。

酒を満たした土器を傾けると、とろりとした風味豊かな酒が喉を落ちる。胡麻豆腐は舌触りがなめらかで、芳《こう》ばしい風味が鼻から抜けてゆく。しばしの間、二人は寺院の珍しい味覚を楽しんでいた。

ほどなくして嵩那は土器を口元から離した。そうして半分ほど残った酒の表面をじっと眺めていたが、やがてぽつりと言った。

「江式部は、それほどに飲酒をしていたのですか？」

唐突《とうとつ》過ぎる問いに伊子は目をぱちくりさせる。

一時は彼女を殺《あや》めたのではという嫌疑をかけられてはいたのだから、嵩那が気にするのはとうぜんだろう。しかしその頃の嵩那はすでに都を出ていたから、詳しくは知らないだろうに。

「同僚の女房達がそのように申していたそうです。日頃はあまり飲まないのに、その夜にかぎりかなり深酒をしていたと。私も見たわけではないのでよくは存じませぬが……」

「酒でも飲まねばやりきれぬことでもあったのでしょうか？」

伊子は息を呑み、まじまじと嵩那を見つめた。

江式部が慣れぬ深酒をした結果、悲劇的な事故が起きた。その顚末《てんまつ》自体は疑っていないが、なぜ彼女がそれほど酒を呷《あお》ったのかは伊子も疑問を覚えていた。なにか不安を抱いていたようだとの証言があるが、ではその不安とはいったいなんだったのか？

「──女宮様のことが怖かったのではないのでしょうか？」

思いきって口にした伊子に、嵩那は怪訝《けげん》な顔をした。しかしほどなくして合点がいったというような顔でゆっくりと首を横に振った。

「叔母上《おばうえ》のような人は、なんの利もないのに、感情だけでそんな危険は冒しませんよ」

「？」

「あなたの話を聞くかぎり、確かに江式部は失敗をしたのかもしれません。なれど報復で彼女を殺めたところで、叔母上にはたいした得もないでしょう。確かに右大臣《うだいじん》家の女房ということで、多少西朝を脅《おびや》かすことはできるかもしれない。されど江式部はもともと叔母上の縁故の者。どうかしたら東朝の者達まで動揺《どうよう》させる結果になりかねない」

聞いてみればなるほどと思える言い分だった。

「それと同じ理由で、若宮《わかみや》の安全も心配せずともよいと思います」

「え？」

女宮が桐子所生の若宮を害するのではないかと、伊子はずっと懸念《けねん》していた。しかしいま嵩那はそれを否定した。

「そこまで残酷《ざんこく》なことをする御方ではないということですか？」

「そう言ってしまうのは、すこし違和感があるのですが……」

若宮の安全にかんしては心強いが、伊子は暗澹《あんたん》たる気持ちになった。嵩那のいまの言い分は、女宮が人を殺めることができる人間だと逆説的に肯定しているからだ。

「ならばなぜ、若宮の件が杞憂《きゆう》なのですか？」

「今上自身には藤壺女御をはじめ、うら若く健康な妃が三人もいらっしゃいます。今後もどこかの姫が入内《じゅだい》する可能性はあるでしょう。しかも今上自身がまだ十七歳というお若さです。よほどの不幸が重ならないかぎり、これからも御子には恵まれるでしょう。ならば若宮一人を狙ったところで意味はありません」

確かに。妃やその一族が、わが子を帝にするため別の妃が産んだ子に的《まと》をしぼって害するのとはわけがちがう。西朝の系譜を断ち切るためには、今上の子を母親を問わず片っ端から抹殺《まっさつ》していかなければならない。

「大事ですね」

皮肉気に言った伊子に、嵩那は相槌《あいづち》を打った。

「叔母上は計算高い方。労力と成果が見合っていないことを、わざわざ多大な危険を冒してまでなさる方ではありません」

妙に納得できる。ならば江式部はいったいなににおびえていたのだろう。

女宮の許《もと》に身を寄せたあと、厳しく叱責《しっせき》されることだけを、やけ酒を飲むほどに恐れていたのだろうか。

(女童《めのわらわ》でもあるまいし……)

だとしたら律儀《りちぎ》に女宮の許に行かずとも、敬子《いっこ》に口利《くちき》きをしてもらうなりして他の場所にでも行けばよい話ではないか。敬子は江式部が娘にしかけた悪事を知らぬから、その善良さで喜んで引き受けてくれるだろうに。

嵩那は土器に残っていた酒を、一気に飲み干した。そうして手の甲で口許《くちもと》を拭《ぬぐ》うと、あらためて口を開く。

「実はその江式部の件なのですが――」

そのとき、むこうのほうからけたたましい音が響いてきた。

「宮様、いらっしゃいますか!」

男の声だったので、急いで扇《おうぎ》をかざした。まるでそれを待っていたかのような間合いで嵩那の従者が簀子《すのこ》を走ってきた。肩で息をしながら、嵩那の間近で膝をつく。胸を押さえてどうにかして呼吸を整えてから、彼は言った。

「見つかりました！」

嵩那はがたんと腰を浮かした。

「まことか!?」

「はい。忠清《ただきよ》が、この先の郡司《こほりのつかさ》の屋敷にいるところを見つけました」

「よし、でかした！」

完全に立ち上がった嵩那は、拳を作って歓喜している。伊子はわけが分からず扇の端からその様子を見上げる。

「あの、いったいなにが……」

「来てください」

「はい？」

「説明するより、見てもらったほうが早い」

そう言って嵩那は伊子の腕を握って強引に立ち上がらせた。そのまま従者のあとについて行き、渡殿《わたどの》を通って別の坊の簀子に上がる。

そこは伊子達がいた宿坊よりも、ずいぶんと粗末な造りの建物だった。簀子を進み、切《きり》懸《かけ》に囲まれたこれといった前栽《せんざい》も見当たらぬ鄙《ひな》びた庭に出た。篝火《かがりび》はなく、明かりは釣り灯籠と僕《しもべ》が掲げる松明《たいまつ》だけだった。

布衫《ふさん》姿の僕《しもべ》の足元に座る人物に、伊子は目を疑った。

蝶鳥《ちょうとり》の模様を摺《す》りだした小袖《こそで》に褶《しびら》たつものを巻く庶民《しょみん》風の装《よそお》いをしたその女は、まちがいなく江式部だった。

いったん宿坊に戻って、嵩那から説明を受けた。内容を考えればさすがに簀子でというわけにはいかず、几帳《きちょう》と衝立《ついたて》で幾重にも囲った局《つぼね》を使うことにした。江式部は倉に閉じこめて、嵩那の従者に見張らせている。

江式部の遺体が見つかったと聞いたとき、嵩那は真っ先に女宮の関与を疑ったのだという。確かに彼自身が口にしたように、女宮が手を下す理由は考えられなかった。しかし逃げるように吉野に向かったこととこれまでの行状を重ね合わせ、なんらかの形で関与していることは間違いないと考えたのだという。ゆえに吉野まで追いかけた。ものすごい勘繰《かんぐ》りようだが、結果的には正しかったことになる。

事態の深刻さに加え、詳細が分からぬこともあり内密に都を出た。幸いと言ってはなんだが、ひと月は蟄居《ちっきょ》すると公言していたからその間に戻ってくるつもりだったのだと、誰にも言わなかった理由を嵩那はそう説明した。しかしその段階では嵩那も、亡くなったのは江式部だと信じて疑わなかったそうだ。

だが吉野で女宮に追いついたところ、同伴していた江式部を見つけた。衝撃を受けながらも連れ帰ろうとしたのだが、十分な従者もおらず土地勘のない場所でまんまと逃げられてしまった。逃亡に女宮が手を貸したことは言うまでもない。

「それで、ずっとこちらで捜していたのですね」

伊子の言葉に嵩那はうなずいた。

「江式部の顔を知る者しか、彼女を捜すことはできませんからね」

つまり地元の者達に、捜索を依頼することができなかった。年恰好《としかっこう》をあげて目撃情報を募《つの》ることはできても、最終的な確認は顔を知る者にしかできない。今日吉野山を巡っていたのも捜索のためであった。

「ならば、あの遺体は誰なのです？」

「鴨《かも》の河原か羅城門《らじょうもん》付近にでも行けば、遺体なんていくらでも転がっていますよ」

しかめ面《つら》で嵩那は答えた。

市街地での火葬は禁止されているから、荼毘《だび》は鳥辺野《とりべの》や化野《あだしの》などの葬送地で行う。しかしこれはある程度の資産のある者しかできない。よって貧しい者の死体はそのあたりに打ち捨てられるのだった。河原や羅城門などまだましなうちで、どうかすると道端に平気で転がっている。こんな状況だから、都での行触《いきぶれ》は日常茶飯事《さはんじ》なのだ。

そうやってどこからか調達してきた遺体に、白の小袖と袴《はかま》を着せて放置した。野犬に食われて損傷していたというが、少なくとも人相の判別がつかない程度にはあらかじめ損壊しておいたのだろう。野犬や鳥がうまいぐあいに顔面を啄《ついば》んでくれるとは限らない。凄惨《せいさん》な状況を想像して伊子は吐き気をもよおしかけた。

「なんのために、そんなことを……」

「若宮《わかみや》の誕生祝に水を差すことが、第一の目的でしょうね」

「たったそれだけのために⁉」

遺体を調達して損壊するという、猟奇《りょうき》的な行為を働いたというのか。

思わず声をあげた伊子に、嵩那は緩やかに首を横に振った。

「第一、と言ったでしょう。追儺《ついな》の騒動もそうでしたが、そうやって繰り返し怨霊《おんりょう》の恐怖を植えつづけることで、西朝の不当を人々の心に刻み込もうとしているのですよ」

ずいぶんと根気強いやり方に、敵ながら感心してしまう。

古今東西《ここんとうざい》の史書などを紐解いてみても、政敵を追い落とす手段は謀反《むほん》や呪詛《じゅそ》の讒言《ざんげん》がほとんどだ。

しかし女宮の手法はそれらとはちがっている。

彼女のやり方は、相手を貶《おとし》めることで自己の正当性を主張する。じわじわと真綿で首をしめてゆくような執念深さも、自分達のほうが正統だという確固たる自信があるからできる手段なのだろう。

陰湿かつ大胆《だいたん》な策略を繰りかえす女宮に〝良心の呵責《かしやく》〟など求めても無意味である。むこうからすれば西朝のほうこそ〝良心を無くした恥知らず〟なのだから。

理は東朝のほうにある。

それを考えると心が揺らぎそうになるが、今上の正廉《せいれん》なふるまいを思いだすことで踏みとどまる。

伊子は小さく頭を振った。

「ならば江式部が飲み慣れぬ酒を呷《あお》っていたのは、大それた謀《はかりごと》をすることへの動揺《どうよう》からだったのでしょうか？」

「それは本人に訊かないと分かりませんが、あの女が藤壺女御にしたことを考えれば、その程度のことではおびえるような玉ではないと思います」

言い得て妙である。五条邸で謀が発覚したあとのふてぶてしい態度を思い出せば、とてもそんな気弱な女人《にょにん》とは思えない。

嵩那は口許《くちもと》に手をあてしばしの思案のあと、几帳の陰に控える従者に声をかけた。

「江式部を連れてまいれ」


逃げ出さないように、従者に脇をつかまれて江式部は入ってきた。

「座れ」

嵩那の命に江式部は素直に従い、その場に坐《ざ》した。

一間ほどの距離を取って向きあう。大殿油《おおとのあぶら》のほの暗い明かりが化粧気《けしょうけ》のない顔をぼんやりと照らしだす。もともと細身ではあったが、疲労のためか以前より面《おも》やつれが目立つ気がする。しかしその表情には悪びれたところはなく、瞳は不敵な光を放っていた。

追儺の騒動の首謀者《しゅぼうしゃ》・治然《ちねん》もこんな感じだった。

女宮の策略に手をかした者達は、彼女に心酔しているわけでも権力で強引に加担させられたわけでもない。動機に多少のちがいはあれど、いずれも自身の目的を達成するために己の意志で協力を選択したのだ。

女宮も含めた全員が、理は自分達にあると思っているから、問いつめられてもまったく悪びれない。時には無関係の人間を巻き込んではいるが、それを指摘したところで西朝の立場からでは〝盗人猛々《ぬすっとたけだけ》しい〟といったところなのかもしれない。

それでも卑屈《ひくつ》なところは見せられない。

伊子は意趣返《いしゅがえ》しでもするように、冷ややかな声を江式部にかけた。

「都では、あなたが夜盗に襲われて殺されたということになっていますよ」

警戒をしているのか、はたまた開き直っているのか江式部は返事をしない。小癪《こしゃく》な女だと苛立《いらだ》ったが、表情に出さぬようにしてつづける。

「はじめは先々帝の怨霊かと大騒ぎになったのだけれど、検非違使の働きでそうではないと判断されました」

そこで伊子はいったん言葉を切り、くっと低く笑った。

「お気の毒ね」

さすがに怪訝《けげん》な顔をする江式部に、補足するように伊子はつづける。

「あなたからすれば若宮を得たばかりの右大臣《うだいじん》家の女房として、先々帝の怨霊に取り殺されたとされたほうが本望だったでしょうに」

「確かに、それは無念でした」

はじめて江式部が口を開いた。

反射的に身構えた伊子に、江式部は得意げに語る。

「されど若宮様が不吉な御子であるという印象を、世に植えつけることはできました。それだけで身を挺《てい》した甲斐《かい》はございました」

「無礼な――」

若宮に対する〝不吉〟という言葉で嵩那は声を大きくした。

伊子は眉《まゆ》を寄せた。まったく痛いところをついてくる。怨霊でなくとも、産養《うぶやしない》のめでたい夜に怪奇と不吉が生じたことに変わりはない。それだけで人々は東朝の恨みと西朝の不当を意識する。女宮によって追儺から繰り返された怨霊騒動は、真偽とは関係なく人々の心をじわじわと浸食している。

その結果、嵩那の立坊《りつぼう》が決まってしまったのだ。

嵩那は怒りを抑えようとするかのように、ひとつ息をついた。

「残念だったな。そなたを都に連れて帰れば、すべてが明らかになる」

「そんなことになりましたら、宮様の立場こそございませぬでしょう」

あらかじめ用意していたのかと思うほど滑らかな江式部の反撃に、嵩那は顔を引きつらせた。

その通りである。一連の女宮の謀略《ぼうりゃく》は、嵩那の意にはまったく添わぬものだった。しかし事が明らかになったとき、嵩那はとばしりを受けただけだ、とはたして何人の人間が信じてくれるだろうか。

皇位を狙って叔母《おば》と共謀したと疑われれば、御所に彼の居場所はなくなってしまう。そんな結果になれば、人々の西朝派に対する鬱屈《うっくつ》をさらに煽《あお》ることにもなりかねない。

嵩那はぐっと奥歯をかみしめた。

己が望んだことでもないのに、立場故に巻きこまれた彼からすれば理不尽極まりないことだろう。だけど皇族や貴族であれば、そんなことはとうぜんなのだ。

怒りをにじませた目で江式部をにらむ嵩那を一瞥《いちべつ》し、伊子は眦《まなじり》を決する。

「どこになりとも、お行きなさい」

低く告げたその声音《こわね》は、板敷に突き刺さるように響いた。

江式部はもちろん、嵩那もぎょっとしたように目を見開く。

「人々が腹の中でなにをどう疑っていようと、あなたは怨霊ではなく夜盗に害されたということで正式に解決しています。それ以上のことにはなりません。いまさら戻ってきたところで、大江《おおえ》家の娘としてのあなたはもはや故人。家人にも友人にも、そして世間から亡き者とされた者の居場所など、この世のどこにもありません」

江式部の顔色が変わった。

(図星だったようね)

我ながら意地が悪いと思いながら、伊子は快哉《かいさい》を叫びそうになる。

失踪《しっそう》の直前に飲み慣れぬ酒を呷《あお》っていた理由はこれだったのだろう。

この世から自分の存在が抹消《まっしょう》されてしまうことには、さすがの彼女も恐怖を感じていたのではないか。死んだことになってしまえば、家に戻ることはおろか、公《おおやけ》には親や先祖の供養《くよう》もできない。恐怖というより、未知に対する漠然《ばくぜん》とした不安というべきだろうか。

江式部の半生を詳しくは存ぜぬが、死を偽装するのならこれまでの人間関係はすべて断ち切らなければならない。両親はすでになくとも、友人や家人ぐらいはいるだろう。生まれ育った家邸はもちろん、縁故の者とも生涯《しょうがい》にわたって分かたれるのだから、普通の神経なら耐えられない。

(普通、ではないか)

冷ややかに思い直したあと、伊子は江式部の反応をうかがった。彼女は膝の上に置いた手をぎゅっと握りしめていた。大殿油の炎に照らされた表情に一瞬恐怖の色が浮かび、だがすぐに引きつった不遜《ふそん》な笑いに変わる。

「望むところでございます」

挑むように江式部は答えた。

「これまでの暮らしなど、なんの未練もございませぬ。相公《しょうこう》の娘として生まれながら、妻にも母にもなれぬまま齢《よわい》を重ねるだけの人生になんの意味があるというのですか」

「人間の生き方が、ひとつだけしかないとは思わぬことですね」

冷たく伊子は言い放った。そんな物言いができたことに自分で感心した。

妻にも母にもならぬ女の人生に意味などない。江式部のその言い分を聞いたときは、腸《はらわた》が煮えくり返って声を大にして罵倒《ばとう》してやりたいほどだったのに——。

宮仕えをはじめるずっと前、先の東宮への入内《じゅだい》がなくなった頃から。いや、ちがう。物心がついて后《きさき》がねとしての立場を意識するようになってからずっと、貴族の娘としての現実と義務を受け入れる反面、ずっと澱《おり》のように溜まりつづけていた鬱屈がある。

その点で江式部は、輩《ともがら》だったのかもしれない。

自分が極めて幸運だった自覚はあるから、江式部を突き放すことに多少の心の痛みはある。それでも彼女は一線をすでに越えてしまっている。同情はできても、受け入れることはもはやできない。

「妻でなく母でなくとも甲斐のある女の人生を、私があなたに見せてあげるわ」

江式部は目をすがめた。

同じ嫁《ゆ》き遅《おく》れだからといって、家柄もよく立場もある女に私の苦しみなど分かってたまるか。そんな嘲《あざけ》りと憎しみを交えた目だった。

だがそれなら女宮とて同じだ。

妻となることも母となることも許されなかった人生は聞けば確かに哀れだが、妻となり母となることを必ずと強《し》いられる人生も苦しいにちがいない。入内をしても男児を産むことが叶わなかった妃達の苦悩は計り知れない。

伊子はひとつ息を吐き、隣にいる嵩那に言った。

「私にはもう言うことはありません。この者を都に連れて帰るか否《いな》かは、宮様がご判断ください」

嵩那はほとんど間をおかずに「去れ」とだけ短く言った。伊子と江式部がやりあっているうちに自分の考えをまとめていたのだろう。

江式部はふんと鼻を鳴らし、荒々しく立ち上がった。相公の娘とは思えぬ蓮《はす》っ葉《ぱ》なふるまいだった。しかし彼女が几帳《きちょう》のむこうに行こうとしたところで、とつぜん嵩那が呼び止めた。立ったまま不遜にこちらを見下ろす江式部に嵩那は問うた。

「そなたは私が帝になれば、それで溜飲《りゅういん》が下がるのか？」

江式部はひどく白けた表情で嵩那を見た。なにを馬鹿なことを、とでも言いだしそうな雰囲気《ふんいき》だった。とうぜんながらそこには、伊子に対するような激しい憎悪はなかった。

けれど——おそらくだが嵩那は、けっこうに痛いところをついたのだろう。

女宮の念願が叶って嵩那が帝位に即《つ》いたとしても、江式部が無為に過ごした若い時は取り戻せない。土地邸に知己《ちき》を失ってまで加担する必要があったのか、損得や理論的に考えれば答えは出ているけれど——。

江式部はつんとそっぽをむくと、返事をしないまま局《つぼね》を出て行った。

後に残された伊子と嵩那は、しばらくなにも言わないままでいた。明かりが届かない洞《ほら》のように暗い板場のほうを眺め、伊子は江式部のこれからを考えた。

二度と都に戻れない彼女は、生い立ちとこれまでの半生をひた隠したまま辺境の人となりはてるのだろう。

それで江式部は本望だったのだろうか？　嫁き遅れと言っても老婆《ろうば》ではない。これからだって結婚や子を産むという人生はありそうな気もする。もちろん父親が存命で彼女自身が若かったときのように、条件の良い相手は厳しいだろうけれど。

（そんな妥協《だきょう》ができる女人《にょにん》なら、あそこまでこじらせないか……）

だからこそ、父親を失脚させた先帝をあそこまで恨んだ。しかし先帝はすでに鬼籍《きせき》の人でいまさらどうこうできるわけもない。皇統を取り戻すことが目的の女宮。東宮博士としての自分の不始末に片をつけたかった治然律師《りつし》。彼らとちがって江式部の復讐は、もはや対象が存在せずに、失ったものも取り戻せない。

「あの女人《ひと》は、いつか満たされるのかしら？」

ぽつりと伊子はつぶやいた。聞きようによってはなんとも傲慢《ごうまん》な言葉だが、嵩那は素直に受け止めたようだった。

「何者も、定めの中で工夫《くふう》するしか術《すべ》はないのですよ」

意味深な言葉に、伊子は嵩那を見る。嵩那もまた江式部が行った暗い板場に目をむけていた。大殿油《おおとのあぶら》の揺らめく炎を受けた彼の顔は、感情の読み取れぬ静かな笑みを浮かべていた。

「しかたがない。帰りましょう、都に」

先々帝の五皇子。式部卿宮《しきぶのきょうのみや》・嵩那親王の『立坊《りつぼう》の儀』は、皐月《さつき》の上卯日に決まった。

第三話
そのままひとつでも、十分に美しく

藤壺女御《ふじつぼのにょうご》こと藤原桐子《ふじわらのひさこ》が、所生《しょせい》の若宮《わかみや》を連れて御所に戻ったのは弥生《やよい》の末。伊子《かのこ》が嵩《たか》那《ふゆ》とともに都に戻ってから幾日もたたぬうちだった。

昨年の水無月《みなづき》以来の桐子の参内《さんだい》は、それはもう華やかなものであった。

「すごかったですよ。いまから新しい妃が入内《じゅだい》するのかと思いました」

一行が藤壺に戻る様子を見てきたという女孺《にょうじゅ》の話を、台盤所《だいばんどころ》に控えていた内裏《だいり》女房達は興味津々《しんしん》で聞いている。盛大な参内の裏には藤壺側の、帝《みかど》の初めての子供を産んだという矜持《きょうじ》に加え、麗景殿《れいけいでん》の朱鷺子《ときこ》への対抗心があるのだろう。

母屋《もや》にいた伊子は、薄く開けた襖障子《ふすましょうじ》の隙間《すきま》から女房達のやりとりを聞いていた。

「実は麗景殿の雑仕《ぞうし》も見に来ていました。その娘とは顔見知りなので事情を訊いたら、女御様の乳母《めのと》君から見てくるように命じられたそうです」

「へえ、敵情視察ってやつ？」

「確かに西の門からお入りになられたら、麗景殿の方達は様子を見られないものね」

「御付きの女房は幾人で、そのうち綾織物《あやおりもの》を着ている方は何人かとかいちいち数えていたのかしら？」

「だとしたら、その雑仕もずいぶんとご苦労だったわね」

「ちなみにですが——」

わやわやと内裏女房達が語る中、女孺が声を張り上げた。

「その雑仕が数えたところによりますと、御付きの方は女房だけで四十人以上いらしたそうです」

「増えていない!?」

女房達は驚きの声をあげる。

里帰り前、藤壺の女房はせいぜい三十人程度しかいなかった。もっとも若宮関係の女房達が要るから増員は当たり前で、十人前後なら予想の範囲な気もする。

しかしその人数ともなれば、いくら五舎《ごしゃ》の中でもっとも広い藤壺でもさすがに手狭ではなかろうか。

（そっか、その様子も見てこないと）

などと考えながら、そろそろ頃合いだと伊子は手ずから襖障子を開いた。噂話《うわさばなし》に興じていた女房達がいっせいに振り返る。内侍司《ないしのつかさ》の長官という立場だけではなく、後宮の万事を掌《つかさど》る上臈《じょうろう》の見参に女房達の間にもかすかな緊張が走る。

三日後に更衣《こうい》を控えた晩春の日。伊子の唐衣《からぎぬ》は、季節を先んじた白藤のかさねである。薄色（淡い紫）の表地は藤立涌《ふじたてわく》の地紋に唐花の文様を織り出した浮織物（地と文様が同色の織物）。裏にあわせた濃色《こきいろ》（紫）の平絹が動きにより微妙な陰影を作りだす。表着《うわぎ》は青《せい》磁《じ》色の二陪織物《ふたえおりもの》。五《い》つ衣《ぎぬ》は紫の薄様。唐衣を上臈にしか赦《ゆる》されぬ禁色《きんじき》にしなかったのは、これから訪ねる桐子の顔を立ててのことであった。

伊子は立ったまま、女房達の顔を一目する。

「おしゃべりはそのぐらいにして、藤壺にお知らせしてきてちょうだい。主上《おかみ》の御《お》仕度《したく》が整いましたので、まもなくそちらにお上がりになられます」

「承《うけたまわ》りました」

一番若い女房が立ち上がり、機敏な動きで御簾《みす》をくぐりぬけて簀子《すのこ》に出て行った。

伊子は踵《きびす》を返し、母屋《もや》を横切って昼御座《ひるのおまし》まで進んだ。繧繝縁《うんげんべり》の畳《たたみ》と茵《しとね》を重ねた座で、白の御引直衣《おひきのうし》をつけた帝が蔵人頭《くろうどのとう》を相手になにか話している。

少し離れた位置で膝をつき「主上、そろそろ……」と呼びかけると、帝は話を中断して伊子のほうを見る。

「もう、準備はできたのか?」

「先ほど藤壺のほうに、いまからうかがうと報せを出しております」

「そうか、それなら参ろう」

がさりと衣擦《きぬず》れをたてて帝は立ち上がった。その表情は心持ち緊張しているようにも見える。だとしてもとうぜんだ。これからわが子にはじめて会うのだから。

若宮の誕生から、ひと月以上過ぎての初対面となる。

帝ともなれば御所を出ることはなかなか容易ではない。よって桐子が若宮を連れて御所に戻ってくる今日まで、帝はわが子と会うことが叶わなかったのだ。

先導役で伊子が孫廂《まごびさし》に出ると、あとにつづくように帝が出てきた。檜扇《ひおうぎ》をかざして簀子を北側に進む。突き当たりで左に折れて、右折してさらに進み、やがて藤壺につながる渡《わた》殿《どの》にあがる。伊子の衣はもちろん、帝の御引直衣に後続の女房達の衣が重なってさらさらと楽器のように音が響く。

ほどなくして藤壺の殿舎と、その手前に南庭《だんてい》の藤棚《ふじだな》が見えてくる。呼称の由来ともなった藤の花は、満開というには少し早かったが、薄紫の花房は日に日に重たげになっていっている。花の周りを蜜蜂《みつばち》が数匹、羽音をたてて旋回していた。

南簀子にはすでに出迎え役の女房が待っていた。いかにも藤壺の者らしい美貌《びぼう》の若い娘で、華やかな山吹《やまぶき》のかさねがよく似合っている。

「お待ちいたしておりました」

若い女房は丁寧《ていねい》に頭を下げた。心なしか以前に比べて棘《とげ》がない気がする。帝の意中である伊子に対し、藤壺の女房達は揃いも揃って当たりがきつかったのだが、若宮誕生で余裕を得たものだろうか。あるいは麗景殿という新たな敵の登場に、そちらに戦意を集中しているのかもしれない。

（そういえば、五条《ごじょう》でけっこうあおっちゃったからなあ……）

いまさらながら、五条の里帰り先での自分の言動を思いだす。

出産前の見舞いに訪ねたとき、藤壺の女房達に麗景殿のようすをあれこれ訊かれた。相手がいることに嘘を言うわけにもいかぬので、大変な美少女だと正直に答えた。おたくの女御様とちがって、性格も素直でいじらしいとまで言わなかったのは礼儀である。

藤壺の者達は、朱鷺子だけではなく麗景殿の女房達をも意識しているのかもしれない。なにしろ彼女達にとってははじめての敵らしい敵である。梅壺《うめつぼ》に移った茈子《さいこ》女王こと王《おうの》女御《にょうご》の女房達は落ち着いた年長者ばかりなので、多少の対立はあっても火花を散らすという関係にまではならなかった。

しかし麗景殿が相手では、そうはならぬだろう。双方の女房達は年頃や勝気さに加え、父親同士が政《まつりごと》の面で対立しているという事情もある。

（これは騒々しいことになりそうだわ……）

あらためて伊子は覚悟を決めた。

女御達の争いには基本としては中立の立場を取るつもりだが、帝が思い煩《わずら》わされるようなことや、内裏女房をはじめ後宮職員達が巻き込まれるようなことがあれば、係わらざるをえない。

殿舎の中に入ると、南廂の『階隠の間《はしがくし》』に御座が設えられていた。庭の藤棚が良く見える特等席で、もちろん帝のために設えられた場所であろう。その少し離れた場所には指をついた桐子が控えていた。

数十日ぶりに会う桐子の麗姿《れいし》に、伊子は感嘆の息をついた。

多少の面《おも》やつれは目立つが、それがなんとも言えない色香をかもしだしている。以前にも増して抜けるように白くなった頰《ほお》に、牡丹かさねの小袿《こうちぎ》が映えている。表地は淡蘇芳《うすすおう》の二陪織物。裏にかさねた白の平絹がおめり仕立ての袖口《そでぐち》からのぞいているのが、華やかでありながら清楚《せいそ》な印象だった。薄紅の単《ひとえ》から見える長い指は白魚のようにしなやかである。

子供を一人産んだあとの女人《にょにん》は一番美しいと聞くが、なるほどこういうことかと納得した。千草《ちぐさ》が一人目を産んだときは、泥沼化した最初の夫との離縁話の仲裁《ちゆうさい》に入っていたのでなにがなんだか全《まつた》く覚えていない。

帝はその場に立ち尽くし、しばし戸惑ったように桐子を見下ろしていた。元々がぎこちない関係だからなのか、それとも以前とはちがうしっとりとした美しさに戸惑っているのかは分からなかった。

「長らくお暇をいただきましてありがとうございます。ただいま戻ってまいりました」

慇懃《いんぎん》な桐子の挨拶《あいさつ》に、帝は一瞬身構えるように肩を張った。

「よくぞ戻ってまいった。ご苦労であったな」

立ったまま慰労の言葉をかけた帝だったが、伊子に促されて腰を下ろした。御座は畳《たたみ》二帖《じょう》をあわせた上に茵と脇息《きょうそく》を設えている。帝が腰を下ろしたのを確認してから、伊子はその傍《かたわ》らに控えた。

ほどなくして母屋《もや》に設えた几帳《きちょう》の陰から、産着《うぶぎ》に包《くる》まれた赤子が初顔の女房に抱かれて出てきた。三十にはいま少しといったふくよかなこの女人は、若宮の乳母《めのと》ということだった。

「どうぞ、御覧くださいませ」

そう言って乳母は、帝の傍に近づいて赤子の顔がよく見えるように腕を伸ばした。

小さな手を胸の上で握りしめた嬰児《えいじ》は、つぶらな瞳をしきりに泳がせていた。この月齢ではまだ物ははっきりとは見えていないだろうが、黒目がちの目はとても愛らしい。黄疸《おうだん》がすっかり取れた肌は桃の実のように瑞々《みずみず》しく、唇は乳を含ませたらそれだけでいっぱいになってしまいそうなほどに小さい。帝と桐子の子だからきっと美しかろうとは想像していたが、まさに玉のような嬰児だった。

帝はしばしの間、まじまじとわが子の顔を眺めていた。なにか未知のものに対するように、あるいはその存在をしっかり確認するかのように――。

半開きにした唇をかすかに震わせると、帝はおそるおそると若宮の頰に触れた。蝶々をつかまえるかのように注意深い所作《しょさ》だった。

ときならぬ刺激に、若宮はきょとんとなり視線をさまよわせる。

「そのように離れていてはおそらくは見えませぬ。もう少し顔を近づけさしあげてくださ い」

そう言ったのは乳母ではなく桐子だった。

帝は少し焦ったようだったが、指摘通りに顔をゆっくりと近づける。するとある位置で若宮の視線がぴたりと帝に定まった。

そのせつな、若宮の小さな顔に満面の笑みが浮かんだ。

帝はびっくりしたような目を瞬かせる。

「まあ、やはり御父上様がお分かりになられるのですね」

なぜか乳母が得意げに言うと、帝は戸惑いと気恥ずかしさをまじえたような表情で頰を赤らめた。初対面のわが子に対する一連の帝の反応を、伊子は物珍しく思いながらも微笑《ほほえ》ましい気持ちで眺めていた。

ほどなくして若宮がぐずりだしたので、乳母が「襁褓《おしめ》を見てくる」と言っていったん引き下がった。乳はさきほど含ませたばかりなので、空腹ということではなかろうということだった。

若宮がいなくなった空間で、桐子とむきあった帝はしばし無言だった。双方には伊子も含めそれぞれに女房達が控えているが、ぎこちない二人を和《なご》ませるために世間話を切り出せるような空気でもなかった。そもそも帝と女御が話をしようとしているところに、割りこむように口を挟むなど僭越《せんえつ》でしかない。それでもあまり双方が黙っているようであれば自分が切り出すしかないかと、伊子は二人のようすをうかがっていたのだが――。

「桐子」

帝が妻の名を呼んだ。

堂々とした呼びかけだった。これまであったぎこちなさや気まずさもない。かといって自然に、というわけではなく、改まったさいの緊張感らしきものはあった。

「はい？」

「あの子を私に授けてくれて、ありがとう」

それまで取り澄ましていた桐子の顔に、かすかな驚きの色が浮かんだ。彼女は一度視線を床に落とし、あらためて帝と目をあわせた。

「私のほうこそ、主上に御子を奉《たてまつ》ることができて嬉しゅうございます」

声は硬かったが、とっさの返事としては無難だった。

これまでの関係を考えれば、桐子は帝があゝも率直《そっちょく》な感謝の言葉を口にするとは思っていなかったのかもしれない。もっと形式ばった、うわべを取りつくろう美辞麗句《びじれいく》が出てくるものと冷めた気持ちでいたのではないだろうか。なにしろ桐子は自分が帝に疎《うと》まれていると思っているのだから。

そこでふと伊子は思いつく。

（ひょっとして女御は、帝が若宮を疎《うと》むのではと心配していたのかしら？）

一夫多妻の世では、妻への寵愛《ちょうあい》の程度で子達の間に偏愛が生じる話はよく聞く。ならば桐子が、帝のわが子への愛情を不安に思っていても不思議ではない。

とはいえ先ほどの帝の反応を見れば、その不安だけは解消できただろう。傍目《はため》にもはじめてわが子を得た緊張から感動、そして喜びにと変わる様子が手に取るように伝わってきていた。

桐子の返事を受け、帝は一拍置いてからおもむろに告げる。

「立坊《りつぼう》の件で、そなたに言っておきたい」

さすがの桐子もぎょっとした顔になった。だがほどなくして、一目しただけで気の強さが分かる強い光を放つ瞳がまっすぐと帝をとらえた。

「うかがいます」

「式部卿宮の立坊が正式に決まったことは、存じておるか？」

「もちろん。父から聞きました」

「右大臣《うだいじん》はどのように申しておる？」

「主上のお耳に入れるほどのことではございません。なれど道理の点でそうすべきであることは私も父も承知いたしております」

詳細を語ることを桐子はさらりと躱したが、おそらくはとても公《おおやけ》にできぬような暴言も吐いたのだろう。

しかし右大臣の無念は、まったく関係のない伊子でも分かる。

待望の男皇子を得て、天皇の外祖父《がいそふ》となれる目算がついて有頂天だったところに水をさされた……いや、憤懣《ふんまん》やる方がないといったほうが妥当《だとう》なぐらいかもしれない。

その無念は命がけで子を産んだ桐子も同じであるはずなのに、彼女は岩のごとくどっしりとしてうろたえたようすもない。

（御変わりになられた……）

伊子はしげしげと、その佳人《かじん》を眺めた。

出産前の桐子はむやみと気が強く、減らず口ばかり叩く印象だった。

しかし若宮《わかみや》を連れて戻ってきた彼女は、以前より寡黙《かもく》でありながらも言い知れぬ威厳をみなぎらせていた。

子を産んだ女が偉いわけではない。されど自分の生命をかけて他の生命を産みだすという行為は偉業であるし、それをやりきった女に貫禄《かんろく》が備わるのはとうぜんなのだろうと思った。

こほんとひとつ咳払《せきばら》いをすると、帝は桐子を正面から見据えた。

「念のために伝えておく。立坊を決めたのは、そなたと若宮を疎んじてのことではない」

帝は一段と声を張った。

「この先、誰が帝の位に昇ろうと、私は自分のどの子にも私と同じような心苦しさを持って欲しくない。爺様《じじさま》が残した痼《しこ》りは私の代でなくすつもりでいる。それゆえに式部卿宮に登壇いただくことにしたのだ」

「痼りを作ったのは先帝で、主上ではありませんよね」

訝《いぶか》し気に桐子は問うた。おそらくそのあとにつづく言葉は〝なのに、なぜ?〟だったのだろう。不満よりも単純に不思議だという物言いだった。

桐子のように慣例にとらわれぬ娘であればそう思うものだろう。罪悪感を覚える帝にもだが、そのことで今上に拘《こだわ》りを持ちつづける東朝派の朝臣《ちようしん》達も理解できないのかもしれない。

帝は一瞬虚をつかれたような表情を浮かべ、次いで苦笑交じりに首を横に振る。

「されど私は、自分が作ったものでもない功利を譲《ゆず》られている。ならばそれに付随《ふずい》する弊《へい》害《がい》も引き受けぬわけにはいかぬ」

「この件にかぎらず累々《るいるい》と重ねられてきた帝位継承の弊害を、なぜ敢《あ》えてご自身の代で止めなければならぬとお考えになられたのですか？」

理詰めで桐子は問いつづける。なにやら問答のような様式になってきた。感情的な桐子らしからぬ落ちついた物言いであったが、そのぶん本当に真相を知りたがっていることが伝わってきた。

対して帝も冷静さを失わずに答える。

「私が解決しなければ、私の子が請け負わなければならなくなる」

平静を装っていた桐子の表情がわずかに硬くなった。

「それは忍びない。いままでは漠然《ばくぜん》としか考えられなかったが、今日若宮の顔を見てそのことを痛感した」

そこで帝はいったん言葉を切り、息を吐くように言った。

「あの子になにかを負わせるぐらいなら、私がすべて負う」

桐子はうっすらと唇を開き、まじまじと帝を見つめた。

驚嘆《きょうたん》と戸惑いをにじませた瞳に、やがて少しずつ信頼と安堵《あんど》の色がさしてゆく。

そうだろうと伊子は思った。

出産という命がけの行為を経て、女は母の貫録を得た。

ならば次は――そうだ。今度は男が父の貫禄を持つ番なのだ。


本日、卯月《うづき》の朔日《ついたち》は夏の更衣《こうい》である。

装束《しょうぞく》のみならず、几帳《きちょう》や御帳台《みちょうだい》等の設えも夏物に取り換えられる。帳等の準備は掃部寮《かもんりょう》の仕事だが、取り換えの作業で女房達も朝から大忙しだった。

そんな雑然とした中でされた帝からの相談に、伊子は眉間《みけん》に深いしわを刻んだ。

「やはり弘徽殿《こきでん》はまずいだろうか」

「……そうですね」

「さりとて梅壺《うめつぼ》もすでに埋まっている」

帝の指摘に伊子は頭を抱えた。

人員が増えたことで藤壺が手狭になり、いっそのこと若宮のために新しい殿舎を賜《たまわ》ってはどうかという話になったのだ。

しかし場所が問題だった。

とうぜんながら藤壺と近い場所が望ましいが、北側の梅壺には茈子が入っている。しかも如月《きさらぎ》に弘徽殿から移ったばかりである。そうでなかったとしても別の妃の所生《しょせい》の宮のために殿舎を空けろなどと頼めるわけがない。位の低い妃ならまだしも、後ろ盾が弱いとはいえ同じ女御である。

いま空いている弘徽殿を使うのが順当なのだが、麗景殿の手前そういうわけにもいかない。かねてより麗景殿は、より格の高い弘徽殿を所望《しょもう》していた。朱鷺子ではなく彼女の周りの希望だが、そんな状況の中で藤壺の若宮に弘徽殿を譲るわけにはいかない。

伊子は低く唸《うな》りつつ、考えを整理する。

それでなくとも若宮の存在で、帝はかつてないほど藤壺に足を運ぶようになった。産後間もない身体《からだ》ゆえ夜のお召しはほとんどないが、麗景殿側としては心穏やかではないだろう。桐子が戻ってくるまでは、帝は昼も頻繁《ひんぱん》に朱鷺子の殿舎を訪れていた。内気な性質で物慣れぬ彼女を早く慣れさせてあげたいという帝の親切心からだった。

(うん、絶対に弘徽殿はだめだわ)

そもそも朱鷺子に子が産まれでもしたら、それこそ収拾《しゅうしゅう》がつかなくなる。

「ご決断はもうしばらくお待ちいただけませんか？　諸事情を鑑《かんが》みて、うまくいくように取り計らいますので」

やけに強気で言い切った伊子に、帝は疑うような顔をする。

「なにか妙案でも？」

「残念ですがいまのところはございません。さりとて弘徽殿を若宮に賜られては、のちのち面倒ごとにつながりかねませんので」

言ってもあとの祭りだが、茈子を梅壺以外の殿舎に移動させておけば、いまの状況は簡単に解決できた。茈子は特に梅壺を望んだわけでもなかったのだから、いまとなってはあのときの浅慮《せんりょ》が悔やまれる。

同じ轍《てつ》は踏めないから、若宮のためにどの殿舎を提供するかは熟考せねばならぬ。それこそ碁《ご》をうつときのように、先の先を想像してあらゆる可能性を考えなければ。

「分かった。あなたに任せよう」

具体的な答えなどひとつも言っていないのに、帝は妙に納得顔をしている。あんがい伊子と同じように、朱鷺子に子ができたときのことでも考えたのかもしれない。

「ありがとうございます」

「――ところで、宮はいかがいたしておる？」

唐突《とうとつ》なその問いを、はじめは若宮のことを指しているのかと思った。だがすぐに嵩那のことだと気づく。なんらかの含みを感じぬわけにはいかなかったが、敢《あ》えて平然として答える。

「先日いただいた御文によりますと、いまはご自宅で休養中ということだそうです」

嵩那と文のやりとりをしていることを、伊子は帝に隠さなかった。

吉野《よしの》に行く前までは、嵩那との関係を感じさせることはできるだけ黙していた。別に禁じられていたわけではないが、帝の自分に対する想いを考えれば迂闊《うかつ》に口にすることはできなかった。

しかし吉野に向かう前に、伊子は帝に自身の想いをはっきりと告げた。同じように吉野の山中で嵩那にも告げた。

ゆえにもう隠すことはしない。

帝にしろ嵩那にしろ、伊子の二人に対する想いは彼らが望む形ではない。しかし確実に存在している。正直にそれを伝えたのち彼らがどう受け止めるのか、伊子は彼らの答えを待つだけである。

伊子は自分の望む路を自分で選んだ。ゆえに彼らの選択を非難する権利はない。

「なにしろ吉野では、ずいぶんと奥深くまで詣《もう》でられたとのことですから」

蟄居《ちっきょ》の最中に夢で啓示を受け、矢も盾もたまらず参詣《さんけい》に出向いた。

嵩那のとつぜんの吉野行は、世間にはそのように説明している。

日頃から霊的なことはあまり口にせず、地に足のついた言動が多い嵩那なので、彼をよく知る者は訝《いぶか》しく思ったことだろう。おそらく帝も納得していないとは思うが、江式部《ごうのしきぶ》を連れて帰らなかったかぎりはこれで通すしかない。幸いにして世間は、立坊《りつぼう》の件で気鬱《きうつ》になったゆえの行動だろうと受け入れていた。

伊子の説明を聞いたあと、帝は小さく息をついた。

「われわれの都合で振りまわしてしまい、宮には申し訳ない」

「宮様は大丈夫でございますよ」

あっさりと返した伊子に、帝は怪訝《けげん》な顔をした。

伊子は御簾《みす》のむこうを一瞥《いちべつ》し、卯月の薫《かお》る風をすうっと吸いこんだ。

「あの方は吉野川のようなお人です。どんな険しい渓谷《けいこく》や巨大な岩の間もしたたかに流れて呑《の》みこんでゆき、気がついたら長大な海のような河となって悠々《ゆうゆう》と横たわっておられます」

吉野川を見たことがない帝に適した喩《たと》えとも思えなかったが、これといった問いも反論もなかった。別に伊子も帝を説得しようと思ったわけではなかった。ただ嵩那の柔軟で大らかな人柄を表したかっただけだ。

勾当内侍《こうとうのないし》が姿を見せたのは、その直後だった。彼女の背後にある几帳《きちょう》の帳《とばり》は、生絹《すずし》に胡粉《ごふん》で花鳥を描いた夏物に変わっている。

「麗景殿女御様から、ただいま貝覆《かいおお》いをしているので、よろしければご参加なされませんかとのお誘いでございます」

帝は気まずげな顔をした。朱鷺子の誘いを厭《いと》うての反応ではない。このところ若宮の存在にかまけて、藤壺にばかり足を運んでいたことを申し訳なく思ったのである。

「いかがなさいますか？」

念のために意向を尋ねこそしたが、承諾《しょうだく》することは、はなから分かっていた。あんのじょう帝は一瞬の躊躇《ちゅうちょ》もなく行く旨《むね》を告げた。


麗景殿での貝覆いは、西廂《にしびさし》と孫廂《まごびさし》を開け放った広い空間で催《もよお》されていた。先導役として帝に先立って中に入った伊子は、緋毛氈《ひもうせん》の上にずらっと並んだ貝の数に圧倒された。

貝の種類は蛤《はまぐり》で、どれも子供の手であれば余るほどの立派なものだった。それが十個ばかり、左の殻だけが円形に並べられている。その周りに一回り大きな円。そしてさらに大きな円というふうに、左の殻だけで作った同心円が幾重にも広がっている。貝覆いの基本の形として、貝の総数は三百六十組にもなる。

円形に配置した左の殻を『地貝《じかい》』と呼ぶ。

対して同心円の中央にひとつだけぽつんと置かれた、右の殻が『出貝《だしがい》』である。

この出貝の対《つい》になる殻を、並べ置いた三百六十の地貝の中から選びだし、合致した数を競うのが『貝覆い』である。蛤はどんなに似た形でも、対の物以外とはけしてかみ合わない。その特性を利用した遊戯《ゆうぎ》だった。

緋毛氈を挟んで、女房達が南北の二組に分かれている。朱鷺子は参加をせずに、母屋《もや》の端近《はしぢか》に設えた御座所《おましどころ》でゆったりとこの勝負を眺めていた。しかし御簾をくぐって入ってきた帝を目にするや否《いな》や、喜色の表情で腰を浮かした。

「主上、もうお越しいただいたのですか？」

「呼ばれたからね。声を掛けてくれてありがとう」

「どうぞ、こちらにお座りください」

素早く近づいてきた女房が、声を弾ませて帝を奥にと誘う。麗景殿の中では少し年配のこの女房は、朱鷺子の乳母《めのと》だということだった。藤壺の帰還のようすを見てくるように雑仕に命じた者だ。知的で品のよい顔立ちだが、瘦《や》せぎすで少し神経質な印象を受けた。玖《く》珠子《すこ》の乳母・但馬《たじま》の、肉感的で婀娜《あだ》めいた印象とは対照的だった。

「では、主上。私はこれで……」

帝が御座所についたのを見計らい、伊子はいったん引き下がろうとした。

もちろん一緒に連れてきた女房達はこの場で従事させておくが、自身は退散しようと踵《きびす》を返しかけたのだが——。

「せっかくだから、あなたもひとあわせしていったらどうだ？」

そう誘った帝に特に他意はなかったのかもしれない。しかし麗景殿の女房達の目はまちがいなく険しくなった。

伊子はうんざりとした。若い娘達の敵意など屁でもないが、今後のつきあいを考えれば面倒にはちがいない。

しかしこんなことは慣れたことだ。帝の自分に対する感情を考えれば仕方がない。少しましになったとはいえ、藤壺も似たような反応だった。

そんな強気な思いとは別に、朱鷺子のことを思うと居たたまれない。

朱鷺子は桐子とはちがい、帝の意中が伊子であるのを知った上で入内《じゅだい》してきた。それゆえ初対面から今日まで一度も敵意を感じたことはないのだが、だからこそ罪悪感を覚えることは否めない。

ちらりと目をやると、朱鷺子はその白い面《おもて》に月季花《げっきか》のように華やかで清楚《せいそ》な笑みを浮かべている。ほっそりとした小柄な身体《からだ》にまとう百合《ゆり》のかさねの小袿《こうちぎ》は、禁色《きんじき》たる赤の二陪《ふたえ》織物《おりもの》を表にし朽葉《くちば》色の平絹と薄色の中陪《なかべ》を使っておめり仕立てにしたもの。袖口《そでぐち》からのぞく若芽色の単は地紋のある上等な織物である。

小柄で年若い朱鷺子がこのように豪奢な衣装を無理なく着こなせるのは、清楚な美貌《びぼう》の中に得も言われぬ色香がただよっているからだろう。この雰囲気《ふんいき》は母親の紋子《あやこ》にそっくりだった。

「尚侍《かん》の君」

親し気に朱鷺子が呼び掛けた。

「主上も仰《おお》せでございますし、お急ぎならば一度だけご参加なさいませんか？　実はその出貝、全員がつがいを探すことができずに二巡目に入ろうとしていたところなのです。その前にどなたかに挑戦していただきたいと思っていたところですの」

そうまで言われては断ることもできなかった。

「しからば、お言葉に甘えて」

伊子は帝と朱鷺子がいる御座所とむきあう形で、緋毛氈の孫廂側に膝をついた。

実は貝覆いの遊びは数えるぐらいしかしたことがなかったので、自信はまったくない。

（みんな同じ形に見えるけど……）

目を眇《すが》めつつ、出貝と地貝を何度も見比べる。なかば妥協《だきよう》してひとつの地貝を選び出すが、あわせてみてもあんのじょうかみあわなかった。居合わせた女房達の目が、心なしか小気味好さそうだった。

げんなりしつつ離した貝の内側には、出貝には桔梗《ききよう》、地貝には沢鵯《さわひよどり》が描いてある。

遊具は高級な物になると、内側に和紙を張ってこのように絵を描いてある。つがいのものは同じ絵だが、三百六十のちがう絵ともなれば眺めているだけでも楽しめる。特に意匠《いしよう》が凝《こ》ったものなどは観賞用としての評価も高い。

二つの貝を元の位置に戻してから、あらためて伊子は言った。

「こちらの貝覆いは、ずいぶんと達者な絵師によるものでございますね」

「まあ、ありがとう。気に入ってくださったのなら、こちらを差し上げますわ」

そう言って朱鷺子は袂《たもと》からなにかを出すと、傍付きの女房に渡した。

緋毛氈を迂回《うかい》してきた女房が手渡したものは、絁《あしぎぬ》の端切れにくるまれていた。広げてみると左の貝殻《かいがら》、すなわち地貝が入っている。内側を返してみると縹《はなだ》色の和紙に白い浜木綿《はまゆう》が描いてある。

「これは？」

「そちらの殻は対が無くなってしまったのです。長く使っておりますと、どうしてもそのようなことが多くなって……さりとて職工が丹精を込めて作ったものを捨てることも忍びずに保管いたしておりました」

「さようでございましたか。このように美しい細工であれば、それも当然かと。ありがたく頂戴《ちょうだい》いたします。三百五十九にしてしまうのは申し訳ありませんが」

「お恥ずかしながら紛失した物は他にもいくつかございますので、この貝覆いはすでに三百六十組はないのですよ」

　緋毛氈を挟んでの伊子達のやりとりに、朱鷺子の隣にいた帝がひょいと口を挟んだ。

「他の殻には、どのような絵が描いてあるのだ？」

　話をつなぐためにした問いだろうが、冷静に考えれば少し無神経だった。なぜなら帝は以前に麗景殿での貝覆いに参加していたから、そのときに絵は見ているはずだからだ。あまり興味を持てなかったのかとも受け取れるが、にもかかわらず今日の呼びかけに応じたのだとしたら、帝の朱鷺子に対する気遣いは並々ならぬものがある。

　幸い朱鷺子は気を悪くしたふうもなく、別の女房になにか申しつけた。女房はいったん奥に引っ込み、次に戻ってきたときには漆塗《うるし》りの小箱を手にしていた。

「片貝になったものは、こちらに収めております。三つだけですが、気軽に眺めることができるので、あんがい重宝《ちょうほう》しております」

朱鷺子はそう説明した。出貝、地貝はとうぜんながら別の貝桶《かいおけ》に収める。それぞれに三百六十個あるから、それなりに大きく重い入れ物だった。ちょっと愛《め》でたいからという理由だけで取り出すのは面倒な品である。

朱鷺子は女房から箱を受け取ると、蓋《ふた》を外して帝に手渡した。

帝は殻をひとつを取りだし、しげしげと眺めた。

「これは右側だから出貝か？」

「さようでございます。床に広げて遊ぶからなのか、どうしても地貝のほうが紛失しやすいようです」

つまり伊子が手にしているものも含めて、四つの貝殻に対の殻が無いということだ。伊子がもらったものは地貝だから、その差異はあるにしても。

(それにしても……)

伊子はため息をつきたい思いで、帝に語りかける朱鷺子を見た。

(清らかな美男美女で、本当にお似合いだわ)

色白の頰《ほお》をほんのりと染めた朱鷺子の花顔《かがん》からは、はにかみながらも夫の傍にいる喜びが満ち溢《あふ》れている。桐子のように意地を張ることはなく、茈子のように幼稚でもない。うら若き妻が、若く美しい夫を慕《した》っている姿そのものであった。

帝は優雅な笑みを湛《たた》えながら、朱鷺子の話を聞いていた。そのうち朱鷺子が手にした小箱から貝殻をひとつ取り出した。

「これはなかなか腕の良い絵師だね。この鶯《うぐいす》などいまにも飛び出してしまいそうだ」

伊子の側からは見えないが、どうやら花だけではなく鳥も題材になっているようだ。確かに三百六十もあるのなら、花だけで埋めつくせるものでもないのだろう。

朱鷺子は別の貝殻を差しだした。

「こちらはいかがですか？　鴛鴦《えんおう》ですが」

「ああ、こちらも立派だ」

仲睦《なかむつ》まじげに語りあう二人に、伊子は退出の間合いを図りかねていた。声をかけることは若い夫婦の水入らずを邪魔をするようで躊躇《ためら》われたが、さりとて黙って出てゆくわけにもいかない。それでできるだけ遠慮《えんりょ》がちに、声をひそめて言った。

「それでは主上。私はいったん清涼殿《せいりようでん》のほうに戻らせていただきます」

その一言に、帝はぴたりと話を止めて伊子のほうを見た。

「今日はもう構わぬから下がるとよい」

「はい？」

「吉野から戻って数日経つというのに、あなたは休みも取らずにずっと働き通しだ。少しは休まねば身体《からだ》を壊しかねない」

素直に伊子の身体を思いやったその言葉は、想像もしないものであった。

吉野に向かったのは表向きは帝の命を受けてだが、内情的にはほとんど私情があってのことだった。それは帝も承知したうえで、伊子の強引さや権幕《けんまく》に押されて承諾《しょうだく》したはずなのに。まさかこんな思いやりにあふれる言葉をかけてもらえるとは、感動で胸がいっぱいになった。

「私ごときにそのようなお気遣いをいただき、深謝の念に堪《た》えません」

「いや、私のためだ。悪尚侍《あくないしのかみ》には末永く仕えてもらわねばならぬ。そのためには健《すこ》やかにいてもらわねばならぬからな」

穏やかながらもきっぱりした物言いに、伊子は目を円くする。

短い思案のあと、これはひょっとして吉野に行く前に伊子が訴えた言葉への返答なのかとも思った。

――心より尊敬いたしております。

――なにとぞ、このままお仕えすることをお許しください。

あのとき帝は思い悩む素振りを見せただけで、はっきりとした答えは言わなかったけれど、いまの言葉はその答えだったのだろうか？

いや、そんな都合よく受け止めてよいものなのか？　罪悪感から生じる疑念に困惑していたそのときだった。

「まことに尚侍の君《かん》は頼りがいがあり、御所になくてはならぬ御方」

晴れ晴れと言ってのけたのは朱鷺子だった。

伊子は訝《いぶか》し気な顔をした。朱鷺子は以前にも似たようなことを言っていたので、驚くには値しない言葉である。ただ内気な朱鷺子にしては口調があまりにも朗《ほが》らかすぎて、少々の違和感を覚えてしまったのだった。


翌日。伊子は内侍所にて、勾当内侍《こうとうのないし》を相手に相談をしていた。

手狭となった藤壺に弘徽殿を渡してよいものか否《いな》か。勾当内侍の答えは、とうぜんのごとく〝否〟であった。

「のちのちの禍《わざわい》となることはまちがいありません」

「……そうよね」

断言に伊子はこめかみを押さえた。

こんなことになるのなら、茈子が弘徽殿を出た段階でさっさと朱鷺子を入れておくべきだったのかもしれない。母親の紋子のしたり顔が目に浮かんで癪《しやく》に障《さわ》るが、それなら藤壺側も最初から弘徽殿を所望することはなかっただろうに。そう伊子が愚痴《ぐち》ると、勾当内侍はなだめるように言った。

「しかたがありませぬ。王女御《おうのにょうご》様が弘徽殿を出た理由が理由でございますから、あのような怪異が起きた直後にお勧めしても嫌がらせと受け取られかねませんでしたから」

それは怪異などではなく、王女御様ご本人による自作自演の策略だったのよ。しかも麗景殿女御様もがっちりと噛《か》んでいて、中心となって策を練《ね》ったのはその弟姫だったのだから——そんな真相はもちろん口にできなかった。

「さて、どうしたものかしら……」

「僭越《せんえつ》ではございますが、私に考えがございます」

ため息をつく伊子に、控え目に勾当内侍が言った。

「考え?」

「それほど大袈裟《おおげさ》なことではございませんが、後涼殿《こうろうでん》の曹司《ぞうし》を若宮《わかみや》様付きの女房達に提供するのはいかがでしょうか? あそこを局《つぼね》にしているのは内裏《だいり》女房ですし、そうでなくとも話の分かる者ばかりですから、きちんと事情を説明すれば納得してくれるでしょう」

なるほど、それは妙案だった。

後涼殿なら、近いところが良いという条件に叶う。距離を理由に弘徽殿を欲していた藤壺《つぼ》も文句は言えないはずだ。若宮ではなく御付きの女房のための局なら、最奥にある雷鳴壺《かんなりのつぼ》でも桐壺でも構わぬ気はするが、一応こちらが譲歩《じょうほ》した素振りを見せれば藤壺側も納得せざるを得ないはずだ。

麗景殿側も弘徽殿を奪われないとなれば、いったんは下がるだろう。双方とも弘徽殿そのものに執着があったわけではなく、自分達の面子《めんつ》と相手より優位に立ちたいという事情から欲していただけなのだから。

「ありがとう。主上に奏上してみるわ」

「ならば私は後涼殿の女房達に根回しをしておきましょう」

「お願いするわ」

伊子は右腕ともいうべき部下を頼もし気に見る。

その件について少し話したあと、勾当内侍は思いだしたように言った。

「そういえば昨日の貝覆いの件で、若狭《わかさ》が申しておりましたが……」

「若狭が？」

麗景殿で帝付きとして控えていた二人の女房のうちの一人が、若狭こと沙良《さら》だった。快活な美少女である彼女は、尚鳴《なおなり》と親しいということもあってなのか、帝のお気に入りの女房となりつつあった。

「なんでも、また殻がひとつ余ったそうですよ」

「余る？」

怪訝《けげん》そうに眉《まゆ》を寄せた伊子だったが、すぐに紛失を意味していることに気付く。すでに四つが無くなっていると朱鷺子は言っていたから、貝桶の中には三百五十五組しかないことになる。

「御所で無くなったのかしら？」

「麗景殿では頻繁《ひんぱん》に貝覆いをなされておいでですから、昨日お気づきになられたのなら御所で紛失したと考えるのが筋でございましょうね」

「あれだけの数があれば、ひとつやふたつ紛失しても不思議ではないだろうけど」

とは言いつつもすっきりはしない。碁石《ごいし》とかならともかく、あの大きさの物がそう頻繁に無くなるものだろうか？　まして意匠《いしょう》を凝《こ》らした逸品だというのに。

「後片付けを請け負った者が、うっかりしていたのでしょうね」

勾当内侍の指摘には妙に納得できた。麗景殿の女房達ならば、そんな粗相《そそう》もありうる気がしたのだ。

女主人の朱鷺子は控え目で僭越《せんえつ》なところなど微塵《みじん》もないが、いかんせんその性質と幼弱さゆえに女房達を束ねることはできていない気がする。ひとつ年下の妹・玖珠子が、自分の女房達を完璧《かんぺき》に取り仕切っていたのとは対照的だ。もちろん年齢を考えれば、朱鷺子のほうが普通で玖珠子が規格外過ぎるのだが。

（いっそ中の君が、姉君の女房になってさしあげられればよいのだろうけど……）

玖珠子であれば麗景殿の女房達をある程度取り仕切れるだろう。まあ彼女に参内《さんだい》などされたら、朱鷺子は助かっても伊子は一日中きりきりしそうな気はするのだが。

「それで女御様はいたく気落ちしていらしたとのことです」

勾当内侍の言葉に、伊子は物思いから立ち返った。

貝殻《かいがら》の紛失と言ってしまえば軽いが、あれだけの意匠《いしょう》の品が無くなったのならがっかりもするだろう。ましてすでに四つが無くなっているというのだから。

そこで伊子は、先日帝から預かった蛤《はまぐり》のことを思い出した。

羹《あつもの》の具であったが、形が良くて捨てるのに忍びないとして帝が伊子に預けたのだ。あれを貝覆い用に仕立てて朱鷺子に譲《ゆず》ったら、少しは慰められるかもしれない。ほとんど気まぐれであっても帝から預かったものだから、許可は取らねばならないが、朱鷺子のためであれば帝も許してくれるだろう。そんなことを考えながらも、伊子の頭の中はすでに職工の選定に入っていた。


勾当内侍が怪我《けが》をしたとの報せがきたのは、その翌々日の朝のことだった。

承香殿《しょうきょうでん》で身支度《みじたく》をしていた伊子に、勾当内侍付きの侍女が報告に来たのだった。昨晩転倒して足を捻《ひね》ったのだという。

「それで本日は出仕ができないと、お断りを――」

「怪我はひどいの!?」

侍女が言い終わらないうちに、伊子は問い返した。日頃、勾当内侍と親しくしている千草も心配そうだ。

「捻挫《ねんざ》です。按摩師《あんまし》が言うには、骨に異状はないから二、三日安静にしておけば大丈夫とのことでした」

侍女の説明に伊子は胸を撫《な》でおろした。

「よかったわ。午後になったらお見舞いに行くと伝えてちょうだい」

本音はいますぐにでも行きたいところだが、さすがにそれは迷惑だろう。見舞いの品を幾つか頭の中に思い浮かべていると、千草が侍女に尋ねた。

「それにしても勾当内侍が転倒とは珍しいわね。あんなに落ちついた方なのに、足を滑らせでもなされたのかしら？」

とたん侍女が顔をしかめた。

何事かと思った伊子の前で、素早く千草が詰め寄る。

「なにかあったの？」

「口止めをされていたのですが、黙ってなどいられません」

憤然《ふんぜん》とする侍女には、最初から秘密にするつもりはなかったようだ。

話を聞けば、勾当内侍は藤壺と麗景殿の女房達の言い争いを止めようとして、とばっちりで怪我をしたということだった。

元々の関係に加え、弘徽殿の所有を巡って双方間の緊張は高まっていた。

若宮の女房達のために後涼殿の曹司を譲って欲しいという要請を、内裏女房達は特に文句も言わずに受け入れた。内心では面白くないだろうが、直属の上司である勾当内侍に是非にと頭を下げられては断るはずもない。

代わりに承香殿の東面を提供しようと、伊子が言ったのも効果的だった。こちらは恐縮だからと辞退されたが、彼女達の尊厳を保つことはできただろう。もちろん帝に承諾はもらっている。良案だと誉められたので、勾当内侍の発案だと言うと「さすがだ」と感じ入っていた。

しかしながら藤壺側は、とうぜん愉快ではなかった。

弘徽殿を手に入れることができれば、鼻持ちならぬ麗景殿の者達に一泡噴かせてやることができる。若宮のためにという正当な名目もあるのだから、女房達からすれば自分達が弘徽殿を手にするのはとうぜんの権利だと考えていたのだろう。しかし後涼殿を提供されることで、それは叶わなくなった。

弘徽殿を奪われるのでは、と心配していた麗景殿の者達は、安堵《あんど》と同時に藤壺の野望を挫《くじ》くことができて溜飲《りゅういん》は下がったにちがいない。

かねてより一触即発《いっしょくそくはつ》の状態だった双方の女房達が鉢合《はちあ》わせた場所は、藤壺と梅壺をつなぐ渡殿《わたどの》だった。朱鷺子の命を受けた麗景殿の女房が、梅壺の茈子に菓子の差し入れを持っていった帰りの出来事だった。

具体的な内容は分からぬが、双方の女房達は些細《ささい》なことで言い争いになった。見かねた内舎人《うどねり》が、長橋《ながはし》付近にある局まで勾当内侍を呼びに行った。距離的には伊子の住む承香殿のほうが近かったが、彼の身分では伊子を呼びに行くことは憚《はばか》られた。

勾当内侍が駆けつけたとき、女房達はあわやつかみあいの喧嘩《けんか》になりかけていた。それを止めようとした勾当内侍が振りはらわれたはずみで転倒してしまった、というのが顚末《てんまつ》だった。

話を聞き終えた伊子は、怒るよりも呆《あき》れた。

「二十歳《はたち》を越した女人《にょにん》が、喧嘩で他人に手を上げるなんて普通する？」

「あんまり聞かないですよね。十歳を過ぎたら暴力は良くないって普通は分かるもんですけどね」

ものすごく当たり前のことを千草が言う。

結果的には勾当内侍が身を挺《てい》してくれたおかげで暴力沙汰《ざた》にはならなかったのだが、それで彼女が怪我をしてしまったのだから伊子としては納得できない。これがもし骨折とかの重傷だったら、双方の女房達を徹底して追及している。

侍女の話によれば、振りはらったのは麗景殿の女房であったという。ただし彼女も意図的にやったわけではなかったので、すぐに我にかえって勾当内侍に平謝りしたらしい。勾当内侍もその謝罪を受け入れ、興覚めした藤壺の女房達も引き下がってその場は一応収まった。

ところがそのときはちょっと捻ったただけだと思っていた足首が、夜半過ぎから腫《は》れだして今朝の報告に至ったというわけだ。

「麗景殿の方も悪意があってしたことではないので、奥様（勾当内侍《こうとうのないし》のこと）は大事にしたくないと、尚侍《かん》の君様にだけお伝えするように仰《おお》せつかりました」

侍女の言葉に伊子はこめかみを掻《か》いた。

勾当内侍の気持ちは分かるが、それでは加害者である麗景殿の女房が自分のしでかした顚末を知らぬままで終わってしまう。それは良くない気がするが、ともかく勾当内侍の様子を見て彼女と話しあうのが先だ。

「分かったわ。当面はあなたも人には話さないようにね」

伊子は侍女に言った。

「勾当内侍には、午前のお世話が一段落したら見舞いに行くと伝えておいてちょうだい」

この場合のお世話とは、もちろん帝への奉仕である。

勾当内侍の役目も、小宰相《こざいしょう》か誰か別の内侍に命じなければならない。いったん頭を切りかえると、伊子は織物に海賦《かいぶ》文様を摺《す》り置いた裳をひるがえして清涼殿に向かった。

伊子の思惑も勾当内侍の気遣いも空《むな》しく、この件はすでに帝の知るところとなった。

出所は尚鳴だった。

朝餉《あさげ》を食べ終えたばかりの帝のもとに、尚鳴が訪ねてきたのである。陪膳《ばいぜん》役として傍に控えていた伊子は嫌な予感がしたが、さりとてこの段階で阻《はば》むことなどできない。緋色《ひいろ》の袍《ほう》をつけた十六歳の紅顔《こうがん》の美少年は、簀子板《すのこいた》に膝をつくなり麗景殿に抗議をさせて欲しいと頼んだのだった。

（率直《そっちょく》すぎる……）

思わず眩暈《めまい》を覚えた伊子の前で、帝は怪訝《けげん》な顔で理由を尋ねた。尚鳴は母親が怪我をした理由を語った。それは誇張も差異もなく、勾当内侍の侍女が伊子に説明したものとほとんど同じ内容だった。いったい、なぜ。この一件を伊子以外の人間に話すことを口止めされていると、侍女は言っていたはずなのに。

親子だからという理由で、勾当内侍が直接話したということも考えにくい。大事にしたくないというのが勾当内侍の本音であれば、それこそなにがあっても尚鳴には話さないはずだ。尋常《じんじょう》ではないほどの母親大好きのこの少年の耳にそんなことが入れば、小火《ぼや》が大火事になるぐらいの騒ぎになる。現にいま完全に煽《あお》られているではないか。

「麗景殿の女房がさようなことを？」

眉根を寄せる帝に、尚鳴はこくりとうなずいた。

「母は自分が足を滑らせたのだと言っておりましたが、油さしをしていた女嬬《にょうじゅ》が一部始終を見ていたとかで教えてくれました」

そういうことかと得心したが、勾当内侍の心遣いがすべて無駄になったことに変わりはなかった。

息子として尚鳴が、麗景殿に抗議をしたいと思うのは当然の願いである。まして勾当内侍の立場では迂闊《うかつ》に抗議もできない。ならば自身は五位蔵人《くろうど》で、従三位・左近衛大将《さこのえのたいしょう》の息子である尚鳴が母の無念を取り返そうというのも間違ってはいない。相手は主君の妃だから、一言断りを入れておこうというのも気遣いとして正しい。正しいのだが――。

(ほんとにこの白面郎《はくめんろう》は)

近頃ではすっかり尚鳴の代名詞になってしまった単語を、忌々《いまいま》しい思いで伊子は心中でつぶやいた。

「確かに、それは見過ごせぬことだ」

苦々し気に言った帝に、伊子はあわてて口を挟む。

「件《くだん》の女房は勾当内侍がそれほど重傷を負ったとは、まだ存じていないはずです。勾当内侍もそのときは大したことがないと思って、その者の謝罪を受け入れたとのことです」

「あなたは存じていたのか？」

「今朝、勾当内侍の侍女が説明に参りました。ですから今朝の御湯を掌《つかさど》ったのは小宰相内侍でございます」

「……どうりで、ちょっと熱いと思った」

帝がぽつりと零《こぼ》した言葉に、なんとも間の抜けた空気が流れた。小宰相内侍にはあとでやんわりと告げておこう。帝はぬるめがお好みだと。

ひとまず麗景殿の女房に悪意はなかったことと、彼女が平身低頭で謝罪をしたことで勾当内侍は納得している旨《むね》を告げると、尚鳴は釈然としない部分はあるようだが、表面上は納得した顔をした。だからこれで終わるものと伊子は思ったのだが――。

「ちょうどよかった。麗景殿と藤壺には、私からも一言言っておこう」

帝の言葉に伊子は目を瞬かせ、尚鳴は怪訝な顔をする。

「藤壺の方たちはなにも……」

「喧嘩両成敗だ。一方的に悪意のある真似《まね》をしたのなら別だが、あの二つの殿舎の女房達の気質を考えれば、そういうこともなかろう」

苦笑交じりの帝の言葉に、よくお分かりでと伊子は相槌《あいづち》を打ちたくなった。事を荒立てたくないという勾当内侍の意図を察したうえでの帝のこの発案は、これを機会に増長気味の女房達にお灸《きゆう》を据えておこうという算段だろう。

伊子がこっそりと帝を拝んだことは言うまでもないことだった。

そんな理由で、帝は二人の妻に苦言の文を記した。

口頭で伝えてもよかったのだが、その場の雰囲気《ふんいき》や相手の反応で内容に差が出るのを避けてのことだった。

曰《いわ》く、女房達の監督は主人の務めである。女御という高貴な妃に仕える立場であることを女房達にはしっかりと自覚させ、二度とこのような騒ぎを起こさぬよう肝《きも》に銘《めい》じさせること。

草稿を仕上げたのは伊子だった。一読した帝は、こんな簡単な内容で大丈夫なのかと気にしていたが伊子は断言した。

「主上の直筆でございますれば、それだけで十分威力は伝わりましょう」

文は桐子と朱鷺子に宛《あ》ててのものだが、実際に騒動を起こしたのは女房達である。自分達の軽はずみな行動で主人が叱責《しっせき》を受けるのを見るのは、直接叱責されるよりも堪《こた》えるにちがいない。それが目的だった。そのうえで騒動を起こした者達だけではなく、他の女房達にも知らしめれば大成功である。

逆に言えば帝には、二人の女御達を責めるつもりはそれほどないのである。その点を察しての伊子の草案だった。

水茎《みずくき》の跡麗《うるわ》しい帝の文は、染色のない白い料紙《りょうし》に記された。常日頃の女御達に宛てたものは染色した薄様に記しているが、さすがに苦言を桜色や藤色の色紙に記すわけにはいかない。

文の遣いは小宰相内侍を藤壺に行かせ、伊子は麗景殿に足を運んだ。喧嘩両成敗《けんかりょうせいばい》と言っても実際的な加害者は麗景殿の女房である。過失度は圧倒的にこちらが高い。ゆえに重みを持たせるために位の高い伊子が直々に足を運んだのだ。

文を一読した朱鷺子は、目に見えて消沈した。衝撃のあまり弁明の言葉も思い浮かばないのか、料紙を膝の上に落としたまま表情を曇らせている。

朱鷺子自身が勾当内侍を傷つけたわけではなくあくまでも管理責任の問題なので、ここまで落ちこまれると気が咎《とが》める。そもそも朱鷺子の年齢を考えれば、実質的に責められるべきは女房頭《にょうぼうがしら》である。

「当方の女房が、内侍の君に怪我《けが》をさせたことは事実ですが——」

朱鷺子の手前で不満気に言ったのは、痩せぎすのあの乳母《めのと》だった。

「さりとてこちらを一方的にお責めになるのは、あまりのなさりようでございます。そもそも先に突っかかってきたのは藤壺の女房達のほうですのよ」

話しているうちに勢いがついてきたのか、乳母の口調はさらに熱くなる。

「当方の女房は深く反省しております。内侍の君の怪我が思ったよりもひどかったと聞いて、そのあとも本人のもとに直接謝罪に――」

「反省しているのだから許されるべきであるというのは、加害者側が言う言葉ではありません」

あれこれと御託を述べる乳母に最後まで言わせず、伊子はぴしゃりと撥《は》ねつけた。乳母はものすごい目で伊子をにらみつけたが知ったことではない。非を認めたうえでの自己弁護の言い訳なら多少聞いてやる余裕もあるが、相手に容赦《ようしゃ》を強要するための言い訳など聞く価値もない。

「当該《とうがい》の女房と勾当内侍が和解していることは、こちらも承知いたしております。そのうえで今後このような騒動が起きぬよう、御所という共有の空間に居住しているということを十分自覚するようにと主上は思《おぼ》し召しでございます。ゆえに同じ旨を藤壺のほうにもお伝えいたしております」

一気に畳《たた》みかけると、乳母は気圧《けお》されたようになった。それでも悔しいという感情はあるのか、うっすらと頰《ほお》を紅潮させている。第一印象は知的な印象の女人《にょにん》だと思っていたが、実際には幼稚で感情的だった。

しかしいまの言動や年頃から考えて、麗景殿の女房頭はこの乳母殿でまちがいないのだろう。まとめ役がこれでは、女房達が高慢なのも無理はない。

「さ、されど……」

「お止めなさい、乳母」

まだなにか言おうとした乳母を、朱鷺子が止めた。厳しい物言いではなかったが、さすがに乳母は口を噤《つぐ》んだ。朱鷺子は膝の上に広げたままにしていた文を手早く折りたたみ伊子を見た。

「主上の御忠告、しかと承《うけたまわ》りました。お返事のほうはのちほど――」

帝からの叱責がよほど堪えたのか、朱鷺子の声は震えていた。

心が痛んだ。そもそも文の目的が、朱鷺子を叱責することではなく女房達に釘を刺しておくことだった。それを朱鷺子がここまで落ちこむとは不本意すぎる。

不遜《ふそん》を承知で言うのなら、この程度の文でいくらなんでも気に病みすぎだというのもある。しかしこれは朱鷺子の十三歳という若さ、加えて帝への恋情を失念していた伊子の落ち度である。

「お返事はけっこうですよ」

努めて穏やかな声音《こわね》で返したつもりだったが、朱鷺子はびくりと肩を震わせた。

れる返答だった。

しまった、と伊子は臍《ほぞ》を嚙《か》んだ。聞きようによっては帝が拒絶しているようにも受け取

あわてて伊子は言葉を重ねる。

「こたびの件、帝はけして女御様にお怒りなのではございません。されど麗景殿の女主人として、女御様にお言葉を渡すしかなかった帝の御心を誤解なされませぬよう」

分かっているとばかりに小刻みにうなずきながら、朱鷺子はいまにも泣き出しそうな顔をしている。この反応だけで朱鷺子という少女が、妹の玖珠子や恋敵《こいがたき》の桐子とは比べ物にならないほど繊細であることは分かった。

(ていうか、これが普通の高貴な姫なんだけどね)

自分のことを棚《たな》に上げて言えば、注連縄《しめなわ》のように神経の太い姫君ばかりを相手にしていたのですっかり感覚がおかしくなっていたようだ。嵩那の姉・賀茂斎院《かものさいいん》などあれで二品の内親王なのだから笑ってしまう。

用心深く朱鷺子の様子を見守っていると、しばらくして彼女はようやく気を取り直したように言った。

「御心配いただいてありがとう。尚侍《かん》の君がそのようにおっしゃるのなら、私には疑う術《すべ》はありません。主上の御心を他の何者よりも理解しておいでの御方でございますから」

控えめに、しかし伊子に対する敬愛を隠すことなく朱鷺子は言った。

それは入内《じゅだい》をした頃から変わらぬ朱鷺子の態度ではあるけれど、それでも伊子の心は疼《うず》いた。

——主上の御心を他の何者よりも理解しておいでの御方。

伊子が女ではなく男であれば、尚侍《ないしのかみ》ではなく蔵人頭《くろうどのとう》でもあれば、なんの屈託もなく受け入れられた言葉だった。

もちろん女であろうと、尚侍という女官としては誇らしい言葉にちがいなかった。

帝は尚侍としての伊子を必要としてくれている。皇統の問題が起きて以降、特にそれを強く感じている。

ありがたいことだ。これこそ伊子が望んでいたことで、これ以上の喜びはない。

だが帝の心から、伊子に対する恋情が消えることはなかった。具体的な言葉は口にせずとも、日々のやりとりや眼差《まなざ》しから消えない熾《おき》のような想いを肌で感じる。その炎が消えないかぎり、この疼きは消えないのだと思った。

ほどなくして場が落ち着いたのを見計らい、伊子は腰を上げた。

「では、私はこれで」

「お見送りを」

朱鷺子の指示を受けて、むすっとしたまま乳母君《めのと》が立ち上がった。

なんでこの人が見送り役なのかとひるんでいると、もう一人若い別の女房も立ち上がったので、伊子はほっとして二人に送ってもらって戸口まで出たのだった。


昼過ぎ頃に小宰相内侍《こざいしょう》から、帝の文を受け取ったときの桐子の様子を聞いた。麗景殿から戻ってすぐに聞きたかったのだが、どのみち勾当内侍《こうとうのないし》とも共有しなければならないので、ならば三人でいるときに話そうということになったのだ。

午前中の仕事が一段落し、二人で勾当内侍の見舞いに行った。清涼殿と紫宸殿《ししんでん》を結ぶ長橋の付近に設えた曹司《ぞうし》は伝統的に掌侍《ないしのじょう》の筆頭、すなわち勾当内侍が賜る局《たまわつぼね》である。

じっとしていれば痛みはないと言う勾当内侍は、普段着の重ね袿《かさうちぎ》姿で臥《ふ》せってはいなかった。しかし立って歩くのは辛いので、いまは貴き身分の方々のようにいざって動いていると笑いながら語った。彼女が羽織《はお》った袿は薄色の織物。裏地に萌葱《あお》の平絹を使った楝《おうち》のかさねで、袖《そで》や裾《すそ》をおめり仕立てにしてある。ここに来るときに壺庭《つぼにわ》で、楝（梅檀《せんだん》）の木が若葉とともに薄紫の花を満開に咲かせているのを見たばかりだから、まさにいまの季節にふさわしい着こなしだ。

先に話をはじめたのは小宰相内侍である。

「藤壺女御様は、主上からの文を一読したあと投げやりに〝あい、承知いたしました〟と即答なさいました」

「……それだけ？」

「自覚はなかったのですが、私が不満な顔をしていたのでしょう。こたびの喧嘩《けんか》に加担した女房達には、反省を促すために写経《しゃきょう》をさせて帝に献上させると取ってつけたように申されました」

自身の気の強さをうかがわせる挿話を小宰相内侍はさらりと入れこんだが、やはり桐子の気の強さのほうが際立っている。しかしそんなものをもらっても帝も持て余すだけだろうに。

妃が帝のためになんらかの祈願として写経をする話は聞いたことがあるが、一介《いっかい》の女房から反省文的に献上されてもありがたくもない。よほどの能筆家ならともかくだが、藤壺にそんな達筆の女房がいるなどと聞いたことがない。

呆れ顔の伊子に小宰相内侍はさらにつづける。

「そもそも自分達が悪いとは、微塵《みじん》も思っていらっしゃらない感じでしたからね」

「まあ、実情を鑑《かんが》みればそれもしかたがないでしょうね」

とばしりとまでは言わないが、状況を考えれば藤壺側に麗景殿と同じような反省を求めるのは理不尽である。それどころか桐子の性格からすれば、苦言の文そのものに不満を持っていそうだ。

それでも自分の立場、並びに帝の立場は理解しているから、写経の献上を申し出たのは桐子なりの妥協《だきょう》だったのかもしれない。だとしたら多少の進歩は見られる。たとえそのやり方が甚《はなは》だしく見当違いの方法であったとしても。

「麗景殿様と、足して二で割ればちょうど良いのに……」

愚痴《ぐち》めいた伊子の物言いに、勾当内侍と小宰相内侍がすぐに反応する。特に小宰相内侍など興味津々《しんしん》顔だ。

「麗景殿の女御様は、いかように仰《おお》せでしたか？」

小宰相内侍の問いに、伊子は朱鷺子の過剰《かじょう》かつ過敏すぎる反応を話した。

話を聞き終えた二人の内侍は、朱鷺子に対して同情しきりだった。

「麗景殿女御様は、まだ御所のしきたりに慣れておいでではないから……」

「元々のご気性もですが、まだお若くていらっしゃるから、藤壺様のように割り切ることがお出来にならないのですね」

「主上から叱責《しっせき》されたと、萎縮してしまわなければ良いのだけれど」

「それは確かに。麗景殿様は心から主上をお慕《した》いしておられるから、なおのこと気に病んでしまうのかもしれません」

部下達のやりとりを、伊子は相槌《あいづち》を打ちながらも聞くだけに留めた。

朱鷺子が心から帝を慕っている――そのことは先日の貝覆《かいおお》いのときも感じた。あたり前だ。帝のあの若さと麗《うるわ》しい姿。聡明な頭脳。思慮《しりょ》深い気質。そのどれかひとつを取ってみても、女人《にょにん》が憧れぬものなどない。まして同じ年頃の娘なら瞬く間に心を奪われる。こんな言い方もなんだが、藤壺の桐子の反応が特殊なだけなのだ。

だからだろうか？　桐子のときにはさして気にはならなかったのに、朱鷺子に対してはひしひしと罪悪感を覚えてしまう。それゆえにこの場で自分が同情的な言葉を口にすることは、朱鷺子に対して非礼のように感じた。

幸いにして二人の部下に不審を覚えたようすはなく、そのまま世間話をしてこの場はお開きとなったのだった。

その日の夕刻。

仕事を終えて戻ってきた伊子のもとに、依頼していた蛤《はまぐり》の細工物が届けられた。

以前に帝から預かった羹《あつもの》の具だが、譲《ゆず》り受ける許可はすでにもらっていた。もちろん貝覆いの道具用に細工をして朱鷺子に渡したい旨《むね》も伝えている。

紅絹《もみ》の上に置いたつがいの蛤の内側には、同じ浜木綿《はまゆう》が描いてある。絵柄は伊子の指定だった。好みもあるので、下手《へた》にちがったものを描くより無難だと思ったからだ。

しかしこれをどういう立場で渡せば良いのかが悩ましい。

貝細工を贈ろうと考えついたときは、なにも躊躇《ためら》わなかった。

だが帝の叱責で落ちこむ朱鷺子を見たとき、伊子ははっきりと心の疼《うず》きを覚えた。

ならば自分が朱鷺子を励《はげ》まそうとするのは、おためごかしに過ぎないのではないか。あるいはそれがすべてでなかったとしても、一割でも二割でもそんな気持ちはないと言い切れるのか。そんな迷いが渦巻いている。

渡すべきか、渡さざるべきか。

しばらく考えたあと、伊子は蛤を紅絹でくるんだ。そうして手近にあった小箱の中に仕舞いこんだのだった。

翌日、朱鷺子が寝込んでしまったという報せが来た。

よもや懐妊かともざわつきかけたが、月のものは先日あったばかりだからそれはないということだった。そもそも入内《じゅだい》からまだ二か月しか経っていない。典薬寮《てんやくりょう》の薬師《くすし》の診立《みた》てでは、これといって悪いところはないので慣れぬ環境で疲れが溜まったのだろうということで落ちついた。長引くようであれば再診をするし、ひとまず祈《き》禱《とう》も行わせている。

そうはいっても先日の落ち込み具合を思えば、やはり気になる。

寝付いて三日目にもなると、さすがに帝も自分の文が原因なのかと気にしはじめた。実は文を目にしたときの朱鷺子の反応を、伊子は〝お言葉をしかと胸に刻まれていた〞としか伝えていなかった。

ひどく落ち込んでいたというのはあくまでも伊子の主観だったし、朱鷺子の言葉だけ聞けばそう伝えるしかなかったからだ。帝の注意を過剰《かじょう》に気にしすぎているという朱鷺子自身の問題もあるので、それを事細かに告げて帝に心の咎《とが》めを覚えさせるのもちがう気がしたのだ。現に同じことを言われた桐子は平然としている。深く傷ついているから朱鷺子のほうだけ苦言を取り下げるというわけにもいかない。

だからといって、心の弱い者が悪いなどというつもりはない。持って生まれた性質や育ってきた環境は本人の責任ではない。特に年若い者ならば、その責任を本人だけに求めるのはあまりにも酷《こく》である。それゆえ伊子は帝に、朱鷺子の塩梅《あんばい》を見てこようかと進言したのだった。

「そうしておくれ」

帝は言った。苦言を呈したこと自体に迷いはなくとも、心は痛むという気持ちは伊子も分かる。部下を叱るときなど似た気持ちになることがままあるからだ。

前もって遣いを出し、四半刻《しはんこく》ほどおいて伊子は麗景殿にむかった。

渡殿《わたどの》の突きあたりに見える西簀子《にしすのこ》に、細長《ほそなが》を着た少女が立っていた。

玖珠子である。薄紅色の梅襷浮織物《うめだすきうきおりもの》に若葉色をあわせた若菖蒲《わかあやめ》のかさねが風薫《かぜかお》るこの季節にはふさわしい。

玖珠子は朱鷺子の入内直後はしばらく御所に出入りしていたが、それ以降は自邸に戻っていた。よもや姉の不調を知って心配になって参内《さんだい》してきたのかと考えていると、玖珠子は裾を引きつつ渡殿まで出てきた。反射的に伊子は足を止める。二十歳以上年の離れた二人の女が、ひと一人分程の距離を取ってむきあった。

伊子が千草を連れているのに対し、玖珠子は一人である。思いだしてみれば玖珠子にはしばしこういう状況が見られる。裳着《もぎ》前の未成人だからあまり気にならなかったが、これだけでも結構に常識外れの姫君だった。

「わざわざお越しいただきありがとうございます」

慇懃《いんぎん》に玖珠子は言った。実際の腹の中はともかく、表面上はいつも明るく愛想よくふるまっている玖珠子には珍しい態度だった。一目しただけで人を惹《ひ》きつけずにおかない、聡明そうな瞳がまっすぐに伊子を見つめる。

「ですが申し訳ありません。姉にお会いいただくことはご遠慮ください」

きっぱりとした拒絶に、伊子は不審と不安を抱く。

「なぜですか？」

「お分かりにならないのですか？」

反問され、伊子はぎくりとする。玖珠子の物言いは、あきらかに非難の色をにじませていた。

やはり、そうかと腑《ふ》に落ちた。

かねてより薄々と感じてはいたが、確信は持てなかった。

むべ、時めくにこそありけれ。

入内したばかりの頃、朱鷺子は伊子に対して称賛の言葉をかけた。それは彼女の清廉《せいれん》な人柄が言わせた、あの時の偽りのない本音だったはずだ。

それ以降も伊子に対する朱鷺子の態度は、おおむね好意的だった。だから浜木綿の貝殻《かいがら》をくれたのだと思っていた。

　けれど朱鷺子の心が変化するなど、ちょっと想像をすれば簡単に思いつくことではないか。

　入内から二か月が過ぎ、朱鷺子は帝を恋い慕《した》うようになった。そうなれば以前のような気持ちで伊子に接するなどできるわけがない。あたり前のことだ。幼くてまだ恋のなんたるかを知らぬ茈子や、強烈な自我の持ち主で、どんな状況にあってもけして惑わされない桐子とは端《はな》からちがうのだ。

　帝の依頼により見舞いに訪れた伊子を拒絶する。

　この行為の意図は、帝と伊子に対する、内気な朱鷺子の精一杯の抗議なのだ。

　薫風《くんぷう》が吹きつけ、下《さ》がり端《ば》のない玖珠子の黒髪をふわりと揺らした。

「私としましては、主上が尚侍《かん》の君をご寵愛《ちょうあい》してくださったほうがよかったのですが」

　なんとも小憎らしい物言いに、伊子は我に返る。

　玖珠子の狙いが嵩那にあるのなら、そうなるだろう。ただし伊子は玖珠子に対し、自分が嵩那と恋仲であることは一度も認めていないのだが。

　しかし玖珠子は、そんなことはおかまいなしに話を進めてゆく。

「ですがこうなると悩ましいところです」

「ずいぶんとお姉さま想いで、かような弟姫を持って女御様も心強い限りですわね」

なんとか気を取り直して反発すると、玖珠子はしかたがないとばかりにひょいと肩をすくめた。

「私は夫が通う普通の結婚で、子にかんしても神仏の思《おぼ》し召しで済みます。なれどお姉さまは慣れぬ御所にお住まいになり、そのうえかならず男子を産めなどという無茶な重圧をかけられておりますから、お辛い立場にあるぶんはできるだけ力になってさしあげたいのです」

言葉ほどに深刻ではない口ぶりで言うと、玖珠子は小首を傾《かし》げた。そうやって考え込む姿などはなんとも賢《さか》しげで、しかし子猫のように愛らしかった。

やがて玖珠子は姿勢を戻し、うんうんと軽くうなずいてから言った。

「なればこそ、どうしたら良いのかもう少し考えてみますわ」


結局朱鷺子との面会は叶わぬまま、伊子は清涼殿に戻った。

簀子から『朝餉《あさがれい》の間』を見ると帝はいない。怪訝《けげん》な顔をした伊子を、命婦《みょうぶ》の一人が目敏《めざと》く見つけて声をかける。

「昼御座《ひるのおまし》に御出御なさいました」

「なにかあったの？」

伊子が麗景殿にむかう前は、帝は褻《け》の場所である『朝餉の間』に下がっていた。公《おおやけ》の場である昼御座に足を運ぶ事態が起きたのかと思ったのだ。

「実は、式部卿宮《しきぶのきょうのみや》様が参内なされまして」

伊子は仰天《ぎょうてん》した。

立坊《りつぼう》の件は、すでに宣旨《せんじ》も下っており朝臣《ちょうしん》達も承知しているところだ。しかし嵩那は宣旨を自邸で承《うけたまわ》ったので、死穢《しえ》を理由とした蟄居《ちっきょ》から今日に至るまでひと月余、御所で彼の姿を見ることはなかったのだ。とうぜんいつかは参内するだろうとは思っていたが、吉野から帰京して以降の文でのやりとりでも、具体的なことは記されていなかった。

（な、なんでとつぜん⁉）

台盤所《だいばんどころ》に入り、母屋《もや》との隔《へだ》てを成す襖障子《ふすましょうじ》を音をたてないようにゆっくりと開く。この位置から昼御座は御帳台《みちょうだい》に隔てられて見えない。足音と衣擦《きぬず》れの音の両方に気遣いながらそろそろと奥に進む。御帳台を迂回《うかい》して陰にひそむようにして先を覗《のぞ》くと、昼御座に座る帝の斜め後ろ姿と、それにむきあう嵩那の姿が見えた。雲鶴《うんかく》の文様を織りだした、深紫《こきむらさき》の袍《ほう》をつけた束帯《そくたい》姿。夏の衣は裏地のない薄物の縠紗《こめしゃ》である。

「──いや、息災《そくさい》であればなによりだ」

　穏やかに帝は言った。直前の発言は分からないが、口調からしてあたりさわりのない会話をしていたのだろう。

「ともかく、あなたが無事であったことがなによりの幸いだ」

「そのような……出奔《しゅっぽん》同然に都を出て、皆さまに心配をかけたのです。咎《とが》められこそすれさようなお言葉をいただくとは勿体《もったい》ないことです」

　内容の無難さとは裏腹に、二人の間に張りつめる緊張をひしひしと感じる。伊子は御帳台の帳《とばり》を摑《つか》み、落ちつかない心地を懸命に堪えた。

　ぎこちないまま、薄氷を踏むようになんとか会話は続いていたが、とつぜん落としにでも嵌《は》まったように双方の言葉が途切れた。

　重苦しい空気のまま、しばしの間が過ぎる。

　やがて帝が、腹の底から押し出したような重みのある声で言った。

「この状況にもかかわらず、戻ってきてくれたことには本当に感謝している」

　都に戻ってくれば、否応《いやおう》なしに東宮《とうぐう》問題の渦中《かちゅう》に立つことになる。

　これが普通の立坊であれば、大方の親王は喜んで引き受けるだろう。しかし今上との年齢差を考えれば嵩那に即位の可能性はほぼないのだから、その場しのぎであることは誰の目にも明らかだった。

懸念《けねん》や不満はそれだけではない。

結局は女宮の目論見《もくろみ》通りになってしまったことが空恐ろしい。帝は女宮の目的をすでに承知している。いずれ自分を譲位《じょうい》にと追いこみ嵩那を即位させる。その本心を知ったうえで世論を納得させるために嵩那の立坊を決めたのだから、まさしく〝虎穴《こけつ》に入《い》らずんば虎子《こじ》を得《え》ず〟である。

「感謝などと……」

嵩那は曖昧《あいまい》に返事を濁したが、かまわず帝は話をつづけた。

「意に添わぬことのみならず、利にもならぬことを強《し》いるのだから、いくら感謝してもしつくせぬと思うておる」

「……」

「ずいぶんと理不尽なことを強いると思うだろう。なれど私はこの問題を後世に引きずりたくない。私の代ですべてを終わらせてしまいたいのだ。先日わが子を得たことで、いっそうその思いが強くなった」

帝は以前にも、桐子に似たようなことを話していた。あのとき桐子は感銘《かんめい》を受けていたようだが、嵩那はそういうわけにもいかないだろう。

若宮《わかみや》に対して嵩那が、母親の桐子と同じ感情を持つわけがない。幼弱な者を憐《あわ》れむ気持ちは普通の感性の持ち主なら誰でもあるが、それは親のわが子に対する想いとはまったく異なる。親がわが子を想うほどに、他人がその子を大切に想うわけがない。他人の子のためになぜ自分が苦労を強いられるのか？　そんなふうに嵩那が感じてもなんら不思議ではなかった。

伊子は息を詰め、帝の背中越しに見える嵩那の反応を見守った。

嵩那は賛同も反論もせずに黙って帝の言い分を聞いていたが、その表情は最後まで憮然《ぶぜん》としており本意をうかがうことはできなかった。

帝はひとつため息をつき、空気を切りかえるように言った。

「せっかく参内なされたのだ。頃合いもよし、食事でも参らせるがよい」

その言葉に伊子は昼御座に歩み出た。几帳《きちょう》の陰に控えていて、いままさに前に出ようとしていた命婦が目を見張った。彼女は伊子が来ていたことに気付いていなかったようだ。

それは帝も同じだった。

「尚侍の君。麗景殿からもう戻って参ったのか？」

朱鷺子の様子を見に行くと言ってから、半刻程しか経っていない。

「はい。色々ございまして……ひとまず御膳《おもの》のほうを準備致しますので、お話はそのあとで」

曖昧な物言いに帝は怪訝《けげん》な顔をしたが、伊子のほうも朱鷺子との面会が叶わなかったのだからそれしか言いようがなかった。後ほど別の女房を行かせて様子だけでもうかがわせよう。朱鷺子が伊子に会いたくないというのが理由なら、そうするしかない。

「承知した。では、のちほど参られよ」

言うなり帝は、昼御座から立ち上がった。この素早さからして、嵩那との面談には気詰まりを感じていたようだ。命婦が『朝餉《あさがれい》の間』に通じる襖障子を開くと、帝は御引直衣《おひきのうし》の裾《すそ》をするりとたなびかせて、逃げるように中に入っていった。

結果的に嵩那の陪膳《ばいぜん》を伊子に任せることになるが、帝が意識していたのかどうかは分からない。後に残された伊子と嵩那は、微妙な表情のまま見つめあった。

やがて嵩那が、ぽりぽりとこめかみのあたりを掻《か》きながら言った。

「実は、そこまで空腹ではないのですが」

少し間の抜けた物言いがおかしくて、伊子はぷっと笑った。それだけで重苦しかった心が急に軽くなった。笑ったからなのか、嵩那の声を聞いたからなのかは分からない。だけど玖珠子との会話で落ちこんだ気持ちは間違いなく晴れた。

「そうはおっしゃいましても、せっかくの御心遣いです。食べきれないのであれば、高盛《たかもり》飯《めし》などのちほど屯飯《とんじき》にして端女《はしため》などに配って差し上げたら宜《よろ》しいかと」

帝の為の大床子御膳《だいしょうじのおもの》などもそうだが、高貴な者が手をつけなかった食事などは身分の低い者に下賜《かし》される。日頃粗食しか口にできない彼らにとって、このうえない御馳走《ごちそう》にはちがいない。

「それはそうですね」

嵩那が同意した。それで伊子は、殿上《てんじょう》の間で待つように彼に促したのだった。

嵩那の参内を聞きつけて、左近衛大将《さこのえのたいしょう》と実顕《さねあきら》が殿上の間にやってきた。

吉野からの帰京以降、たがいの邸《やしき》を訪ねるなどして顔をあわせていたはずだが、参内となればまた別の感激があるようだ。話は大いに盛り上がって、嵩那の為に用意した二脚の懸盤《かけばん》上の豪華な御膳は一顧《いっこ》だにされていなかった。腹が減っていないというのは本当だったらしい。

(高盛飯は、屯飯に変更決定ね)

気温はそれなりに高いが、一の膳にある焼き鯛と雉《きじ》の干し肉は日持ちするから心配しなくてもよいだろう。二の膳にある唐菓子《からくだもの》と交菓子《まぜくだもの》も傷む心配はない。陪膳役を名乗り出たのは良いが、この調子ではすることもなく終わりそうである。

気が置けない面子《めんつ》ばかりということもあり、伊子も陪膳役をほぼ放棄して三人の会話に加わっていた。

立坊の為の手続きや儀式の準備が立て込んでおり、数日は梨壺《なしつぼ》北舎にある直盧《じきろ》に泊まることになりそうだ、とうんざりしたように嵩那は言った。

「しかたがない。長らくお休みでしたからね」

少しばかり嫌みっぽく左近衛大将が言った。人の好い彼も、嵩那が友人である自分にもなにも言わず都を出たことには多少の屈託は持っているようだった。嵩那は申し訳なさそうに肩をすくめ「自業自得《じごうじとく》ですね」と苦笑した。

「ところで東宮坊の人事ですが……」

実顕が切り出した。

「大夫《たいふ》に新大納言《しんだいなごん》が名乗りを上げているようです」

嵩那は露骨に眉《まゆ》をひそめた。

東宮坊とは皇太子にかんする内政を執《と》り行う部署で、大夫はその長官である。

かねてより新大納言は、嵩那に婿候補としての秋波《しゅうは》を送っていた。新大納言の目下の期待は朱鷺子が男皇子を産むことにかかっている。とはいえこんなことは神頼みだし、男児を得たところで桐子所生の若宮との対決も待っている。

不首尾に終わった場合も考え、嵩那に食指を伸ばそうとしても不思議ではない。まして東宮となることが決定したのだから、大夫に名乗りを上げるのは新大納言のこれまでの行動から考えても理に適《かな》っている。

「大姫を今上に入内《じゅだい》させたばかりだというのに、まったく節操《せっそう》がない」

舌打ちをせんばかりに、忌々《いまいま》し気に左近衛大将が言った。

まさしくそれである。実顕は眉を曇らせた。

「このことが麗景殿女御の耳に入れば、さぞ複雑なお気持ちになりでしょうね。それでなくともご不調だというのに大丈夫でしょうか」

「ご不調というか、あれは……」

伊子が語尾を濁すと、実顕は承知しているとばかりにうなずいた。

「存じております。恋の病は華佗《かだ》でも治せません」

さすが当代切っての恋物語と誉《ほま》れ高い『玉響物語《たまゆらものがたり》』の覆面作家だけあって、さらりと気障《きざ》なことを言う。ちなみにあれから新しい筆名で別の物語を一冊上梓《じょうし》しており、『玉響物語』ほどではなくともこちらも評判は上々だった。

実顕の言葉に、左近衛大将は苦笑した。

「あまり繊細過ぎるのも考え物ですね。こう申しては失礼だが、藤壺の御方ぐらい野太いほうが気疲れせずにすむ」

言い分は分かるが、同じ空間でさいさん顔を突きあわせる伊子としては桐子も大変な相手である。

どうやら朱鷺子の状況は公卿《くぎょう》達の間にも広まっているようだった。

そういえば朱鷺子の様子を誰かに見に行かせなければ、帝に説明ができない。勾当内侍《こうとうのないし》は怪我《けが》をしているから誰に行かせようか？　順当に考えれば小宰相内侍《こざいしょう》だが、色々と過敏になっている麗景殿に遣わすのだからもう少しおとなしい者が無難かもしれない。等々考えながら女房達の顔を幾人か思い浮かべていると、何気なく嵩那が訊いた。

「それで女御の具合はいかがだったのですか？」

伊子はきょとんとして、扇《おうぎ》越しに嵩那を見た。嵩那は首を傾《かし》げ「だって、麗景殿に行かれたのでしょう?」と言った。そういえば昼御座《ひるのおまし》では、帝とその旨《むね》をうかがわせるようなやりとりをしていた。

「実は……」

歯切れ悪く伊子は切り出した。

朱鷺子から面会拒否をされた話を聞くと、嵩那と左近衛大将は驚いた顔をした。日頃の朱鷺子の淑《しと》やかな評判を知る者としてはそれは然《しか》りである。

そんな中、一人納得顔でいるのは実顕だった。

「仕方がないですよ。麗景殿女御からすれば姉上は恋敵《こいがたき》ですからね。憎みまではせずとも疎《うと》ましくは思われるでしょう」

「そう言われればそうなのだけれど、つい数日前に好意的に接していただいたばかりなので戸惑っているのよ」

少なくとも貝覆《かいおお》いの日までは、拒否はされていなかった。

帰ろうとした伊子に貝覆いへの参加を促し、はては貴重な貝殻《かいがら》まで譲《ゆず》ってくれた。美しい装丁《そうてい》がなされた貝細工は、工芸品として価値があるものだ。疎む相手に寄越す品とは思えない。

「とても美しい貝殻で、見事な浜木綿《はまゆう》の絵が描いてあるものなのよ」

そう、善意としか考えられなかった。

しかしその話を聞いた実顕は、うーんと唸《うな》って首を傾げた。

「あくまでも憶測ですが、その貝殻は姉上への挑発かもしれませんよ」

「挑発？」

「主上にあう貝は、あなたではないという」

絶句した。

確かに合う殻のない半端物の貝に、そのような意味を汲《く》みとることはできる。あるいはもっと単純に、夫を持たぬ女への嫌がらせとも受け取れる。

「……そういうことだったのね」

「いや、あくまでも私の憶測ですよ」

表情を強張《こわば》らせる伊子に実顕は慌てるが、これで腑《ふ》に落ちた。貝覆いの時点ですでに伊子に反発があったのなら、なぜ急にということにもならない。

「別当《べっとう》殿。冴えておられますね」

からかうように左近衛大将が言った。

「愛妻家と評判のあなたが、かように女人《にょにん》の悋気《りんき》に詳しいとは。よもやどこぞに良き女人《ひと》でも隠しているのではありませぬか？」

「なにを仰《おお》せになるのですか。私には北以外に女人はおりません！」

左近衛大将の冗談に、実顕はまあまあむきになって反論した。ちなみに実顕が恋物語の名手であることを、この中では左近衛大将だけが知らぬのだった。

実顕と左近衛大将のやりとりを横で聞きながら、伊子はため息をついた。

初雪のように清廉《せいれん》であった朱鷺子が、よもやこんなことになるとは思わなかった。人の心というのは本当に分からない。

（いいえ……）

そう思ったあと、伊子は自分の考えを否定した。

想像できないことではなかった。だが敢《あ》えて想像しなかったのだ。帝の意中でありながら妃にならぬという居たたまれなさや罪悪感から逃れるために――。

「あなたが気にすることはありません」

嵩那の低い声は、まるで頭の中に直接言われたかのように響いた。雑談に夢中の実頭達には聞こえていないようだった。

「少しでも同情的なことを思ったりしていたのなら、それは傲慢《ごうまん》というものです」

伊子は嵩那を見た。心を読まれたのかと思った。

「あなたがなにをどう感じようと、女御の病は帝にしか癒《いや》せません。ですがもし癒されたのなら、次は他の妃が病に伏すでしょう。そのためにもあなたという存在は、妃達にとってかえって幸いだったのかもしれません」

「……」

「帝の寵愛《ちょうあい》は、普通の愛とはちがう。誰かが独占してはならぬ。分かちあわねばならぬものなのです」

思案のあげく伊子は、麗景殿に中臈《ちゅうろう》の小督《こごう》を遣わせた。

冷静沈着で優秀な彼女は、これといった忖度《そんたく》も余計な好奇心を発揮することもなく淡泊《たんぱく》に朱鷺子の様子を観察してきてくれた。

「少し気が塞《ふさ》いでいただけだということで、床上《とこあ》げはなされておいででした。すでに御祈禱《ごきとう》をいただき、薬師《くすし》が処方した安神剤等もよく効いたので案ずることはないと仰せでございました」

大事はないようなのでひとまず安堵《あんど》したが、小督にはあっさりと面会を許可したことに苦々しい思いを持たぬわけにはいかなかった。

しかし罪悪感はない。同情するのは傲慢《ごうまん》という嵩那の言い分は胸に刺さりはしたが、おかげで吹っ切れた気がする。

帝にその旨を報告するよう、小督に申しつけた。

伊子自身が足を運ばぬことを帝がどう思うのか分からない。最初に訪ねたとき朱鷺子が寝入っていたので、あとで小督を差し向けたのだと説明しているので、あんがいなんの疑問も抱かぬやもしれない。

仮に疑われたとしても、それはそれでしかたがない。ともかく今回ばかりは、伊子がいつものように報告するのはちがうと思ったのだ。

明日の庚申《こうしん》の夜、皆さまを招待して貝覆いをしたい。

麗景殿からそんな申し出があったのは、数日後のことだった。

暦《こよみ》の日にちには、六十ある干支《えと》（この場合は十干十二支《じっかんじゅうにし》の双方のこと）組み合わせが順に当てられる。その中で十干の庚《かのえ》と十二支の申《さる》が重なる庚申の夜は、寝てはならないとされている。人の体内にいる虫が悪さをして、寝ているうちに生命を奪うからというのが理由であった。よってこの日は合わせものや管弦などの遊戯《ゆうぎ》をして徹夜で過ごすことが慣わしとなっていた。ちなみにこのことを〝庚申をする〟とも言う。

親睦《しんぼく》を深めるために、できるだけ皆さまには参加してもらいたい。特に諍《いさか》いがあった藤壺の方々と怪我をさせてしまった勾当内侍《こうとうのないし》には是非とも顔を出していただきたいというのが麗景殿の要望だった。

「これは事実上、麗景殿が藤壺に頭を下げたことになるのでしょうか？」

昨日から職務に復帰した勾当内侍は、ひどく意外そうだ。

しかしいかに麗景殿の女房達が高慢でも、主の朱鷺子はそうではない。ならば主人の意を汲んだ麗景殿が、謝罪の意を示したことは不思議ではなかった。

もっとも面会を拒絶されてから伊子は朱鷺子に接触を試みていなかったし、麗景殿にもこれといって目立った動きはないから、朱鷺子がいまどのような心持ちでいるのかなど見当もつかなかったのだが。

勾当内侍の問いに、伊子は苦笑交じりに答える。

「あなたにならともかく藤壺に謝罪する必要はない気はするけれど、事を大きくしたのは麗景殿だから、まあこれで円く収めてくださいということかもしれないわね」

今後の両者の関係はさておき、この件にかんしてこれ以上引きずるのは双方の望むところではないだろう。

「それで藤壺のほうはなんと言っているの？」

「ご招待をお受けするとのことです。だからなのかは分かりませぬが、梅壺の方々も参加なされるとのことです」

日頃はなにかと距離を取る傾向にある梅壺だが、今回ばかりはちがうようだ。ここで顔を出さないのは、自分達が弾かれているような印象を周りに与えかねない。それでなくとも日頃から落窪《おちくぼ》扱いをされているのだから。

「そうなると、おのずと各殿舎対抗という形になりそうですね。あと内裏《だいり》女房の方々も加えての三《み》つ巴《どもえ》ならぬ、四つ巴というやつですかね」

わくわくしたように語る千草に、伊子はうんざりとした顔になる。

「主上も拝見なさるのよ。そんな敵意剝《む》き出しな状況にはならないでしょう」

「そうですよ。そもそも親睦《しんぼく》目的なのですから」

笑いながら勾当内侍は宥《なだ》めたが、千草は疑わし気な顔をしている。従来の三者の関係を知っているからそんな顔をしたくもなるだろう。

伊子はあらためて勾当内侍に声をかけた。

「主上の御出御のさいには私も参じるけど、それまでになにかあったらお願いね。もしも手に負えないようだったら、遠慮《えんりよ》をしないで呼びにきてちょうだい」

「しかと承《うけたまわ》りました」

落ちつきはらって勾当内侍は答えた。

夜も更けた頃、清涼殿では庚申の為の歌詠《うたよ》みがはじまった。

公卿《くぎよう》や殿上人《てんじようびと》達が一堂に会し、色々な催《もよお》し事をしながら長い夜を過ごすのである。

麗景殿での貝覆いは少し前からはじまっているはずだが、帝は遊戯に参加するわけではないので、こちらが一段落してから顔を出す予定にしている。

歌詠みがいったん終わったところで、休憩と称して帝は麗景殿にむかった。

紙燭《しそく》を手にした女房を先頭に、帝の先導役として伊子がつづく。

無人の弘徽殿の前を通り過ぎて、麗景殿につづく長い渡殿《わたどの》を進む。

庚申の夜はほとんどの人が起きているので、夜更けを過ぎても賑《にぎ》やかである。そこかしこから聞こえる人々のざわめきに、悪い虫を駆除《くじょ》するための呪いを唱える声。御所のあちらこちらに煌々《こうこう》と火が灯っているので、あたりはまるで昼間のようで時間の感覚が分からなくなりそうだ。今宵《こよい》はこの状況が、明け方までつづくのである。

六十日に一度の庚申の夜は、身体《からだ》の辛さとは裏腹に独特の高揚《こうよう》感がある。今宵は夜通しでなにを話そうか、なにをして遊ぼうか等々考えるのもひそかに楽しい。しかも汗ばむような陽気だった日中とはうって変わり、気温も下がって心地よい清夜《せいや》となっている。瑞々《みずみず》しい若葉の匂《にお》いを含んだ涼やかな風が吹いてきていて、まさしく庚申日和《びより》の夜である。日和という言葉を、夜に使って良いのかどうかは分からないけれど。

宿直《とのい》の公卿の数に比して、御所に留まる随身《ずいじん》の数も多くなる。褐衣装束《かちえしょうぞく》に緌《おいかけ》のついた細《さい》纓冠《えいのかんむり》をつけた随身は、近衛の中から特に容姿端麗《ようしたんれい》の者が選ばれているので宮中はいっそう華やかな印象になる。

麗景殿まで行くと、妻戸の前に見覚えのある女房が出てきていた。

殿舎は格子《こうし》と御簾《みす》が開け放たれ、西廂《にしびさし》から孫廂《まごびさし》、簀子《すのこ》までを広く開放していた。

前回と同じように巨大な緋毛氈《ひもうせん》の上に地貝《じがい》を円く並べ、今回は四人の女房が競技者として左右の長辺に二人ずつ並んでいる。麗景殿、藤壺、梅壺とそれぞれの女房に比べてもひと際若い、むしろ幼いといったほうがよさそうなのは、十二歳の内裏女房・備前《びぜん》である。

そして左右にいる彼女達を睥睨《へいげい》するかのごとく、簀子側の短辺に座っていたのは玖珠子だった。細長は萌黄《もえぎ》の紋織物に紅梅色の平絹をあわせた破菖蒲《はしょうぶ》のかさね。傍《かたわ》らにおいた豪華な蒔絵《まきえ》細工の貝桶《かいおけ》に、すらりと長い腕を伸ばしている。貝を出す役を掌《つかさど》っているのであった。

玖珠子と緋毛氈を挟んで向きあうように、帝のための御座は廂に設えられていた。背後は御簾を隔《へだ》てて母屋《もや》となっており、三人の女御が几帳《きちょう》を隔てて並列に並んでいる。玖珠子が簀子側にいるのは、帝と女御達の視界を遮《さえぎ》らぬためであろう。

殿方が帝だけなら母屋の御簾も上げてよかっただろうが、簀子には幾人かの公卿や殿上人が参じていたのでやむを得ない。

その中に嵩那がいた。おそらくだが莇子を気遣っての参加だろう。桐子と朱鷺子には、それぞれの父親に近い、高位の朝臣《ちょうしん》達が参じている。しかし後ろ盾の弱い茈子にはそんな人物はいない。

御座所《おましどころ》に腰を下ろしたあと、帝は半身を捻《ひね》って母屋のほうをむいた。視線の先に居たのは主の朱鷺子である。向かって右側に桐子。左側に茈子がいる。

「麗景殿。ずいぶんと賑やかな催し事となったね」

妹に対するように親し気に、帝は話しかけた。苦言の文の余韻《よいん》はない。朱鷺子がほっとしたように肩の力を抜いたのが、御簾際にいた伊子には分かった。

伊子は帝の左手の奥に座った。間近に控えることで朱鷺子の目が気にならないわけではなかったが、仕事だから致し方ない。

──あなたがなにをどう感じようと、女御の病は帝にしか癒《いや》せません。

嵩那の言い分が一番腑《ふ》に落ちた。

今回の問題の本質的なことを探れば、確かに伊子は関係ないのだ。

伊子がいなくなったあと、あるいは帝の気持ちが朱鷺子に向くかもしれない。そうなれば朱鷺子は満たされるだろうが、今度は代わって桐子が病むやもしれない──。

(藤壺女御にかぎって、それはないか)

ふと思いついたことを即座に否定した自分に、つい失笑してしまいそうになる。

男でも女でも、常に自分が主体の人間はとてつもなく強い。言葉だけ聞けば利己主義と誤解されかねないが、逆にそう思われることも恐れない。自分が好きだから人から嫌われることなど気にしてない。

伊子は自らの意志で帝の求愛を拒《こば》み、嵩那の求婚をも拒んだ。世の常識からすればとんでもなく自己中心な女だと開き直っているつもりだが、そのくせ彼らや女御達に対する罪悪感を消せないでいたのだから、桐子に比べたらまだまだだった。

帝は正面に向き直り、緋毛氈に同心円の形で配置された地貝を一瞥《いちべつ》した。五組欠けても三百五十五個有るはずの貝殻《かいがら》はずいぶんと少なくなっていて、競技が進んだことを示していた。地貝の数が少なくなれば必然的に難易度は下がるので、そのぶん展開は加速する。

伊子達が来てからの展開は呆気《あっけ》なかった。不慣れな藤壺と梅壺の女房がしばしくじりはしたが、麗景殿の女房とひと際若く勘の良い備前などはほとんど違えることなく対《つい》の殻を探し当てていった。そうやって遊戯は進んでゆき、やがて緋毛氈上の地貝は残すところ三つとなった。

ところが、その段階で事は起きた。

玖珠子は貝桶に手を入れ、新しい出貝を取り出した。

「これで最後です」

人々はざわめいた。地貝が三つあるのに、出貝が一つしか残っていない。

「え、どういうこと?」

「じゃあ、地貝が二個無くなっているってこと?」

「ちょっと待ってよ。更衣《こうい》の日にも、一個無くなったばかりじゃない?」

麗景殿の女房達の話は、伊子も沙良から聞いていた。

その前の段階ですでに紛失が確認されていた四個は別として、そのあともたてつづけに三個の殻が紛失したことになる。いくら無くなりやすい物とはいえ、この短期間でその数の紛失は不自然過ぎる。

「いったい、誰が……」

あきらかに盗難を示唆《しさ》する誰かの言葉に、不審な空気がただよいはじめる。

そんな中、玖珠子は手にしていた出貝を所定の位置に据えた。

「最後までやってしまいましょう」

場の空気を一蹴《いっしゅう》するような、凛《りん》とした声だった。

「次は備前の君からです」

玖珠子に促され、備前はそれでなくとも真ん丸な目を皿のようにして三つの地貝を見比べた。玖珠子と備前は同じ十二歳だが、着ているものは細長と唐衣裳《からぎぬも》とちがっている。裳着を済ませた備前のほうが大人びていてよさそうなものだが、手足がすらりと長くて知的な面差《おもざ》しの玖珠子のほうがずっと大人びて見える。

備前は床に手をつき、身を乗り出すようにして懸命に貝を探す。三つしか残っていないのだから簡単に探し当てられそうだが、存外に長い間迷っている。ようやく備前は貝をひとつ選び出したが、それは合わなかった。

「残念、はずれですね」

淡泊《たんぱく》に玖珠子が告げ、備前は釈然としない顔をした。

そのあと藤壺、梅壺と三人つづけて外し、そのときは間違った貝を二度選んでしまったのではと思ったのだが、最後の麗景殿が外した段階で人々の疑念は決定的になった。

「そちらの出貝も、ひょっとして半端物ではございませんか？」

麗景殿の女房の指摘に、皆は合点《がてん》がいった顔をした。

玖珠子は中央に手を伸ばし、出貝をつまみあげて内側を皆に見せた。

「浜木綿《はまゆう》の絵が描いてあります」

目を瞬かせる伊子の前で、麗景殿の女房達がいっせいに声をあげる。

「ちょっと、どうしてそれが入っていたの？」

「浜木綿は地貝がないからって、覗《のぞ》いていたはずでしょう」

「そうそう。更衣の日に気付いたから、ほんの数日前よ」

伊子は息を呑《の》んだ。

更衣の日、伊子は朱鷺子から浜木綿の地貝をもらった。対が出貝が無くなった半端物だからという理由で。

けれど浜木綿の出貝はあったのだ。

だからこそ伊子が出て行ったあとに、浜木綿の地貝がないと騒ぎになった。

そりゃあ、あるわけがない。なぜなら朱鷺子は、対が揃った貝の片方を伊子に寄越したのだから。そういえば他の四つの半端物は漆箱《うるしばこ》にきちんと収めていたのに、浜木綿だけは彼女が袂《たもと》にひそませていた。考えてみれば不自然な行動である。

伊子は朱鷺子のほうを見た。御簾があるので表情はよく分からない。朱鷺子は山吹《やまぶき》色の小袿《こうちぎ》を羽織《はお》った細い肩を上下に揺らした。

「――その貝、まるで私達のようですね」

くぐもった声でつぶやかれたその言葉を、はたして朱鷺子は誰に聞かせるつもりだったのだろうか。

真意のほどは分からない。しかしそのつぶやきは朱鷺子を注視していた伊子にしか聞こえなかったとみえて、帝はもちろん几帳《きちょう》を隔《へだ》てた先にいる他の二人の女御達もなんの反応も示さなかった。

伊子は眉間《みけん》に深いしわを刻んだ。

女房達が取り除いた浜木綿の出貝を、ふたたび貝桶に戻したのが朱鷺子だというのは間違いない。ならばいま新たに紛失が明らかになった三つの出貝も、朱鷺子の仕業《しわざ》なのか？　だとしたら——けしてかみあわない一つの出貝と三つの地貝が示唆するものを想像した伊子の胸に苦いものがこみ上げた。

「その四つの貝。私に譲《ゆず》っていただけませんか？」

夜風のように涼やかな声の主は、簀子《すのこ》にいた嵩那だった。

皆の視線がいっせいに集中する。

「いかがですか？　その代わり新しいつがいの貝を四つ提供いたします」

とつぜんのことに朱鷺子は返事をできないでいる。この騒動が彼女の自作自演だとしたらとうぜんの反応だろう。逆にここですぐに取りつくろえるほど野太い人間なら、こんな中途半端な真似《まね》はしない。

朱鷺子は、伊子になんらかの罪をかぶせようとしたわけではない。なぜなら彼女が伊子に貝を渡したところは、帝も含めて大勢の人が見ているのだ。浜木綿の柄だとは伊子以外の者は知らないが、盗難の疑いなどかけられない。

恋敵《こいがたき》を貶《おとし》めるために策を弄《ろう》するなど、そんな心の余裕は朱鷺子にはない。彼女はもっと切羽詰《せっぱつ》まっている。帝に対するやり場のない恋情が鬱屈《うっくつ》し、かといってそれを爆発させるような教えも受けていない。后《きさき》がねとしての教育と従来の内向的な気性もあり、淑《しと》やかで慎《つつし》み深い笑顔の下にある不満や怒りを、朱鷺子はこういう歪んだ形でしか発揮する術《すべ》を持たなかったのだ。

ほどなくして朱鷺子は、間近の女房になにやらささやいた。女房はこくりとうなずくとすぐに声を張った。

「どうぞお受け取りください」

嵩那は立ち上がり、まずは緋毛氈の上の三つの地貝を回収して左の袂に入れた。

次いで浜木綿の出貝を手にしている玖珠子の横で片膝をつく。

玖珠子はすぐに貝を渡そうとはせず、じっと嵩那を見上げた。それは恋しい相手への恋慕の眼差《まなざ》しというより、相手の本意を探ろうとする審問官のような目だった。

嵩那はゆっくりと首を横に振った。

「あなたには、もっと新しいものがふさわしい」

玖珠子の頰《ほお》にうっすらと朱がさしたように見えた。

そうだ。嵩那は知っているのだ。伊子がつがいの浜木綿の貝を持っていることを。それゆえに彼はいち早く名乗りを上げた。なにも知らぬ帝を、そしてなにか知っていそうな玖珠子を出し抜くかのように――。

玖珠子は浜木綿の出貝を素直に手渡した。しかしなにも持っていない左手が小さな拳を作っていた。伊子はすっと視線をそらし、せりあがってこようとする複雑な感情を懸命に抑えた。

帝はなにも気づいていない。

自分への恋情を鬱屈させた朱鷺子がなにをしたのか。その結果、いま伊子と嵩那の間になにが生じたのか。

伊子と嵩那は、千尋《せんじん》の海で唯一無二で合わさることができる貝を分かち合ったのだ。そう。たとえそれが誰が知るところでなく、人から認められることがなくとも。

（それでいい）

すべてを振り切るようなつもりで顔を上げると、浜木綿の貝殻《かいがら》を手にした嵩那が微笑みかけてきた。能天気に笑い返すことはできなかったが、それでも承知したばかりにしっかりとうなずくことはできた。

嵩那は浜木綿の出貝を左手に持ち替えて、右の袂に入れた。

そのまま簀子に戻るものかと思いきや、今度は僅《わず》かに母屋《もや》側にいざりよる。そうして左の袂から、三つの地貝を取り出した。

「こちらは主上に献上いたしたく存じます」

帝は不意をつかれたように目を見張った。

女房達はもちろん、簀子に席を得ていた公卿《くぎょう》達が色めき立った。

東西両朝の対立の結果として起きた立坊《りつぼう》騒動で、誰もかれもが嵩那と帝の関係を懸念《けねん》していた。その状況での嵩那のこの行動は、帝に和解を持ち掛けたかのように彼らの目に映ったのだろう。

だが先日の嵩那の発言を思い出せば、この行為は別の意味にも解釈できる。

帝の寵愛《ちょうあい》は独占してはならぬ。分かちあうものなのだ。

妃達が甘受《かんじゅ》せねばならぬのは、義務である。

同時に帝には、己の妃達を尊重する責務がある。

嵩那が意に添わぬ東宮位を甘受したのも、伊子との正式な結婚を諦めたのも、すべては親王という立場の責務のため。ならば帝もその責務を果たすべきである。そんな諫言《かんげん》のように伊子には思えたのだ。

どう思ったものか、帝はしばし沈思していた。

嵩那の真意がなんであれ、傍目《はため》には和解の申し出としか映らぬこの献上を、皆の前で退けることなどできるわけがない。嵩那がそこまで分かってこの行為に及んだのなら、なかなかの策士である。

やがて帝は重々しくうなずき、貝を受け取ってくるように命じた。伊子ではなく中臈《ちゅうろう》の一人が立ち上がり、嵩那が畳紙《たとうがみ》に包んだその貝を受け取った。

御前まで戻ってきた女房は、帝の前で畳紙を広げた。三つの貝の内側には、それぞれに藤、鶴、そして扇《おうぎ》が描かれていた。

「ありがたく受け取らせてもらおう」

「主上」

母屋のほうから声をあげたのは、桐子だった。今宵《こよい》はじめて桐子の声を聞いた。少なくとも伊子と帝が着いてからは、彼女は一言も口を利《き》いていなかった。

「藤壺、いかがいたした？」

「その貝殻。私にひとつ分けていただけませぬか？」

帝は怪訝《けげん》な顔をした。桐子の気性からして帝に物をねだること自体奇異だし、そもそもなぜこんなものを欲しがるのか、というのも疑問だろう。

「かような半端物でなくともよかろう。貝が欲しければ、新しくつがいのものを作らせてそなたに授けよう」

「いいえ。ひとつで結構でございます。それらの殻は、そのままひとつでも十分に美しくございますゆえ」

聞こえよがしな物言いに、やはり桐子は先ほどの朱鷺子のつぶやきを聞いていたのだと伊子は察した。

それぞれに対を無くした一個の出貝と三個の地貝。それらを自分達に喩《たと》えた自虐的な朱鷺子のつぶやきを聞いた桐子は、こんな形で打って出たのだ。

私は一人でも大丈夫。心を病むほどに他人になにかを求めたりしない。

伊子はいまこの場で御簾《みす》をまくり上げ、桐子と朱鷺子の顔を見比べてみたいと心から思った。生き方は人それぞれだから、誰かを見習えなどとけして言わない。そもそも常識的に考えれば、朱鷺子のほうが桐子よりもずっと女人《にょにん》としてはまっとうな性質《たち》だ。

それでもこの自我の強さは、呆《あき》れたのを通り越してもはや称賛に値する。

なにしろ帝はその表情に、わずかながらも不快な色を浮かべていたのだから。

そりゃあ夫の立場からすれば、本当に可愛《かわい》げのない妻だろう。そんなことを考えない桐子の向こう見ずぶりももはや天晴《あっぱれ》である。

「……分かった。一つはそなたに授けよう」

帝は三つの貝殻のうち、ひとつを無造作《むぞうさ》につかむと伊子に手渡した。ここぞとばかりに伊子はうきうきして御簾の中に入った。

一番間近にいた朱鷺子は、ひどく驚いた表情で桐子の御座を見つめていた。伊子が入ってきても気にしているどころか気付いた様子すらない。あれほど伊子に対して屈折した思いを抱いていたくせに、すっかり心（？）を奪われている。

まったくすごい活力の持ち主だ、藤壺女御。妹や部下には絶対に欲しくないけれど。

伊子は帳《とばり》を除けて、桐子の局《つぼね》をのぞきこんだ。小袿《こうちぎ》は撫子《なでしこ》のかさね。薄蘇芳《うすすおう》の絹は花菱の敷目文様に唐花を織り出した二陪織物《ふたえおりもの》。裏には深緑の葉を思わせる青をかさねている。若々しくて華やかで、十九歳のあふれんばかりの生気をみなぎらせた女人にふさわしい装《よそお》いだった。

近づいてきた女房が貝殻を受け取ろうと手を伸ばした。女主人の畏《おそ》れ知らずの振るまいにさすがに困惑の色を隠せないでいる。こんな主人のもとにいては、彼女達も色々と肝《きも》が冷えることだろう。藤壺の女房に対してはじめて同情的なことを感じつつ、伊子は貝殻を渡そうとした。

(あれ?)

三つの中から、帝が無造作に選んだはずの地貝。

伊子はそのときはじめて、殻の内側に描かれていたものが藤であることに気付いた。

丑《うし》の刻を回っても、御所の賑《にぎ》わいは衰える気配を見せなかった。

経験上この頃が最大に高揚《こうよう》する刻限で、もうしばらくすると疲労と眠気で次第に盛り下がってゆくものだった。

麗景殿から戻ったあと、清涼殿では漢詩の論議がはじまっていた。誰が言い出したのかは分からぬが、丑の刻からやることかと疑問に思う。かえって眠気を誘発するばかりではないかと考えるのは、漢文が不得手な女人であるからかもしれない。

休憩と眠気覚ましを兼ねて、伊子はいったん清涼殿を出た。漢詩文の論議が退屈だったのもあるが、外の空気を吸いたくなったのである。初夏の夜で格子《こうし》を開け放っているのだが、多数の公卿や殿上人《てんじょうびと》達が押し寄せているので人いきれはどうにもならない。

いったん承香殿に戻るか、それともこのままぶらぶらと散歩でもするか渡殿《わたどの》を進みながら考える。篝火《かがりび》の傍でうとうとしている内舎人《うどねり》を見かけたが、彼らも疲れているだろうと見ないをして通り過ぎた。

ふと前を見ると、承香殿の前に誰かが立っていることに気がついた。

なんとなく想像はついたが、念のために目を眇《すが》めて確認する。

やはり玖珠子だった。

伊子は唐衣《からぎぬ》の襟《えり》を整えて、足を進めた。衣擦《きぬず》れの音で気づいたのか、いつのまにか玖珠子も伊子を迎えうつように向きなおっていた。

一間ほどの距離を置いて、伊子は立ち止まった。

「お待ちしておりました」

玖珠子は言った。伊子は無言だった。別に約束をしていたわけではない。ゆえに待たせた意識などあるはずもないから気遣う必要もない。

返事がないことに、玖珠子は傷ついたようすも気を悪くしたようすも見せなかった。

そうだろうと伊子は思った。そうでもなければ、あんな大胆《だいたん》な真似《まね》はしない。

「三つの出貝を隠したのは、あなたでしょう?」

伊子の問いに、玖珠子は動じたようすもなくうなずいた。

やはりそうかと、思わず失笑が漏《も》れた。

もちろん浜木綿《はまゆう》の出貝を戻したのは朱鷺子だ。

それゆえあとの三つの出貝も、朱鷺子が仕組んだものと考えかけた。

しかし追い詰められた朱鷺子に、他の二人の妃に気を回す余裕はとうていなかろうと考えなおすと、心当たりは玖珠子しかいなかったのだ。そもそも女御所有の貝道具に触れる人間など限られているのだから。

「宮様のおふるまいを予測したうえで、そのようなことをなされたの？」

伊子の問いに玖珠子はしかめ面《つら》をしたあと、ぷいっと首を横に振った。

その反応に伊子ははっとする。ふるまいという言葉は、嵩那が三つの地貝を帝に渡したことだけを指したつもりだったのだが、考えてみれば出貝を受け取るときに嵩那が玖珠子に言葉を告げたことも当てはまる。

――あなたには、もっと新しいものがふさわしい。

あれは玖珠子にとって、胸を貫く言葉であったにちがいない。あの言葉を予想できたのなら、いかに姉のためとはいえ出貝を隠すような真似はしなかったかもしれない。

玖珠子はそっぽをむいたまま答えた。

「ですが結果的に宮様のおふるまいが、私の狙いを後押しすることにはなりました」

なるほど、そういうことか。

落ちこむ姉を慮《おもんぱか》った玖珠子が物申したかった相手は、伊子ではなく帝だったのだ。

冷静に考えればそれがとうぜんだ。伊子を排除したところで、その想いがすべて朱鷺子一人に注がれるはずもない。人の気持ちは器《うつわ》の水を移しかえるようにはいかない。その点で考えれば、今回嵩那から言われただけのことで即座に帝の気持ちが変わることもないのだろう。

けれど訴えるべきは訴えたい。なにも訴えないまま、相手が察してくれないと嘆《なげ》くのは筋がちがうと玖珠子は考えたのだ。

まさしく正しい。

本当は朱鷺子自身がそれをできれば一番良かったのだろうが、人には性質というものがある。それに朱鷺子の為《ため》にひと肌脱ぎたいと玖珠子が思ったのは、ここに至るまでの姉妹の関係性である。傍目《はため》にはもどかしいほど内気であろうと繊弱《せんじゃく》であろうと、朱鷺子が善良な姉でなければ玖珠子はここまで尽くさない。

まわりがとやかく言う必要はない。たがいに無いものを補《おぎな》いあう。この姉妹の関係はそれで良いのだと、伊子は納得していた。

「主上もこたびのことは、なにか思うこともおありでしょう」

夜気に溶け込むようにぽつりとつぶやいた伊子に、玖珠子は意味深な目をむける。

伊子は怪訝《けげん》な顔をした。常に才気と自信に満ちた玖珠子の瞳が、いつになく不安定に揺らいでいるように見えたからだ。

気のせいかと思いつつも、その瞳には様々な感情があふれているように見えた。あまりにも多くのことが一時にせめぎあい、処理ができずに途方に暮れている。才気煥《さいきかん》発《ぱつ》な玖珠子には珍しい反応にさすがに伊子も心配になる。

「どうかなさったの？」

伊子の問いかけに、玖珠子の表情にさらなる戸惑いの色が浮かぶ。

この少女がこんな顔を見せるなど、よほどのことがあったにちがいない。さりとてなにが起きたのかすぐには思いつかず、自然と伊子の肩に力が入る。

あとから思い出せば、この段階で伊子は無意識の覚悟を固めていたのかもしれない。なぜなら以前の出来事を冷静に思い返せば、想像ができないことではなかったからだ。

（まさか……）

すっと脳裡《のうり》をかすめた考えに、伊子はごくりと唾《つば》を飲んだ。

あたかもその間合いを察したかのように、玖珠子は一息ついて答えた。

「入道《にゆうどう》の女宮《おんなみや》様が、東山の御邸《おやしき》に私を招待してくださったのです」

※この作品はフィクションです。実在の人物・団体・事件などにはいっさい関係ありません。

集英社オレンジ文庫をお買い上げいただき、ありがとうございます。
ご意見・ご感想をお待ちしております。

● あて先
〒101-8050　東京都千代田区一ツ橋2-5-10
集英社オレンジ文庫編集部 気付
小田菜摘先生

平安あや解き草紙
～この惑い、散る桜花のごとく～

集英社
オレンジ文庫

2021年9月22日　第1刷発行

著　者　小田菜摘
発行者　北畠輝幸
発行所　株式会社集英社
〒101-8050東京都千代田区一ツ橋2-5-10
電話【編集部】03-3230-6352
【読者係】03-3230-6080
【販売部】03-3230-6393（書店専用）
印刷所　図書印刷株式会社

ISBN 978-4-08-680404-2 C0193

小田菜摘
平安あや解き草紙
シリーズ

①～その姫、後宮にて天職を知る～
婚期を逃した左大臣家の大姫・伊子に入内の話が!?
帝との親子ほども離れた年の差を理由に断るが…？

②～その後宮、百花繚乱にて～
後宮を束ねる尚侍となり、帝の熱望と再会した元恋人との間で
揺らぐ伊子。同じ頃、新たな妃候補の入内で騒動に!?

③～その恋、人騒がせなことこの上なし～
宮中で盗難事件が起きた。聞き込みの結果、容疑者は
美しい新人女官と性悪な不美人お局の二人で…？

④～その女人達、ひとかたならず～
大きな行事が続き、伊子は人手不足を痛感していた。
近々行われる舞の舞姫の後宮勤めを期待していたが!?

⑤～その姫、後宮にて宿敵を得る～
元恋人・嵩那との関係が伊子の父の知るところとなった。
さらに宮中では皇統への不満が爆発する事件が起きて!?

⑥～その女人達、故あり～
これからも、長きにわたって主上にお仕えしたい…。
答えを出した伊子のとるべき道とは…？

好評発売中
【電子書籍版も配信中　詳しくはこちら→http://ebooks.shueisha.co.jp/orange/】

集英社オレンジ文庫

仲村つばき

クローディア、お前は廃墟を彷徨《さまよ》う暗闇の王妃

共同統治からの脱却を目論む
長兄アルバートは、自分にふさわしい花嫁を
選定中。選ばれたのはある修道女で…？

――――――〈廃墟〉シリーズ既刊・好評発売中――――――

【電子書籍版も配信中　詳しくはこちら→http://ebooks.shueisha.co.jp/orange/】

廃墟の片隅で春の詩《うた》を歌え　王女の帰還
廃墟の片隅で春の詩《うた》を歌え　女王の戴冠
ベアトリス、お前は廃墟の鍵を持つ王女
王杖よ、星すら見えない廃墟で踊れ